これからは ソファーに寝ころんで

岡崎武志

還暦男の歩く、見る、聞く、知る

春陽堂書店

これからはソファーに寝ころんで

還暦男の歩く、見る、聞く、知る

もくじ

これからはソファーに寝ころんで
――まえがきにかえて 6

第一章 俺たちには明日がある

嫌いは嫌い、好きは好き 12
人と話して気づかされること 16
自分にとって大事なものが大事 25
人生の教師 司馬遼太郎 32
淋しさの研究 ニシワキを読む 38

第二章

いつも始まりは出会いから

上林暁旧宅を訪ねる　46
庄野潤三のこと　49
うらたじゅん　53
『女子の古本屋』　59
牧野伊三夫邸の酒宴　64
中川フォークジャンボリー　68
四角佳子さんと一緒に　73

第三章

歩けばみるみる見えてくる

散歩学入門　78
坂を巡れば文学も人生もわかる　84

「年末の一日」を歩く　92
思案に暮れたら高いところへ上れ　98
二〇一九年一月十一日(金)晴　104
へそ曲がりの東京歩き　北千住　108
立ち食いそば　116
水郡線の旅　121
昭和な喫茶店「マル屋」へ行こう　124

「みちくさ市」を歩く　128
ぼくがうろつくこの街　132
谷保散歩　140
私はこんなところへ目がゆく
お散歩カメラスケッチ　144

第四章

ささやかだけどとても大切なこと

黒いカバンを持って歩いていると　152
クウネル封筒　156
コレクション　163
古本市に持ち込んだＣＤ　168
岡崎武志フェア　180
二〇〇二年の手帳　185
壁に絵を　192

あとがき　197

本文中のイラスト・写真は
すべて著者本人によるものです。

これからはソファーに寝ころんで――まえがきにかえて

映画「恋の手ほどき」の中で、名優モーリス・シュヴァリエが「もう若くなくて幸せだ」と歌うシーンがある。和田誠が映画の中の名セリフを紹介する『お楽しみはこれからだ　PART2』（文藝春秋）で読んで以来、ずっと心に残っている。「もう若くなく」なってから、さらに言葉を噛みしめるようになった。

ヴィンセント・ミネリ監督のミュージカルで一九五八年の作。原題は「GIGI」。素敵なおじいさん役のシュヴァリエは、こんなふうに歌う。

「色恋の苦痛もないし、ライバルもいない。もう若くなくて幸せだ。困惑も、フラストレーションもない。もう若くなくて幸せだ」

同著にはもう一つ、「エアポート'75」におけるグロリア・スワンソンの「生きる美しさは、若い人にはわからないわ」が引かれている。

日本では、映画や音楽、文学など「青春」を重んじるところがある。その代表は夏目漱石「三四郎」か。恋愛や人間的成長を扱うことが多いのだから当たり前だが、映画やドラマでも、俳優が歳を取ると急に老けた役どころとなり、しみじみとした演技をしてしまう。若さを取り戻す薬、不老長寿、若き日にタイムスリップといったテーマの物語も多数作られ、「性善説」「性悪説」で言えば、「若善説」「老悪説」がはびこっている……ような気がする。ちょっと言い過ぎですか。

まあ、それはいい。しかし私は若い頃にもう一度戻りたいと思ったことがない。自分に自信がなかったせいもあるが、華々しいところがなく、パッとしない青春であった。五十歳を過ぎたあたりから、五十肩や老眼、性的衰えをはじめ、糖尿の持病があったり、白髪が目立ち始めるなど、老化が一挙に進行した。そうなると、いろいろなことに無理がきかず、あれもダメ、これもダメとあきらめるようになる。「最後まであきらめるな！」と、三

アン・サリーは医師でもあるシンガー・ソングライター。新旧和洋を問わず名曲を独自のアレンジでカバーする。声にすでにドラマを持つ稀有な歌い手。

浦雄一郎など成功者はハッパをかけるが、まあ、いいんじゃないかこのあたりで、と私は考えるようになった。

消極的というより、積極的に「あきらめ」ることで、さまざまな局面を楽に乗り越えられるようになったのだ。大人になることは、多くのことをあきらめるということではないか。もともと、だらしない性格で、健康やスケジュール管理、身のまわりの整頓などが出来ない。困った、困ったと思いながら、気がついたら、人生の終わりが近づいてきて、もういいや、となったのである。いまは、なんだか、せいせいしている。もう、他人にどう思われてもかまわない。「大船に乗ったつもりで」という成句を借りれば、「小舟に乗ったつもりで」残りを生きていく。

私が一日の大半を過ごす二十一畳の地下室は、仕事場兼書庫兼寝室として使っている。朝はわりあい早く起きて、夜はたいてい日付が変わる前に眠る。地下室といっても、半地下で、横に長細い明かり取りの窓がある。朝が来たことはそれでわかるのだ。一階へ上がり、玄関ポストから朝刊を取り、用便を済ませ、ネコに餌をやり、朝食を作る。八時ぐらいまでに、これらを終え、地下へ戻ってパソコンに向かう。メールのチェックをして、締め切りがあれば原稿を書く。単行本(これがそうです)や、大きめの執筆をするときは、午後や夜に持ち越すこともあるが、ほとんどは午前中に終える。通勤する月給取りの方々には申しわけないが、そこからは長い、長い自由時間が待っている。さて、今日はどこへ行こうか、と画策するのがまた楽しい。

厳寒や雨風の強い日、体調のすぐれないときは、ほぼ一日、家にいる。それも地下のマイルームにこもっている。ここが、地上で私のもっとも落ち着く場所なのだ。

まわりには、数十回生まれ変わっても読み切れない本の森があり、デスク上には、パソコンと私の持ち物としてはかなり高級なオーディオ「DENON RCD-CX1」が据えられている。スピーカーは小さいが音はいいというので、思い切って購入した。音楽はもっぱらこれで聴く。

本を読む、音楽を聴く時間の定位置は、ガラスのはまった本棚の前にある赤いソファーだ（表紙画を見て下さい）。下手したら、起きている時間の何分の一かはここで寝ころんでいる。ギターを弾くこともある。時としてそのまま眠り込むことも

一日の締めくくりとして、酒を飲みながらの読書および音楽を聴く時間は大切。手放したくない。豆皿は百円ショップで購入、豆皿が好きで、たくさん持っている。

……。私の身長（百八十センチ弱）より短く、寝ころぶと足の先ははみ出すが、体をベッドに移すと本格的に睡眠状態に入るので、ちょっと窮屈くらいがいい。

何も考えず、ただぼーっと音楽を聴く時間も、このところ増えた。ジャズ、フォーク、少しクラシックなど、CDも千枚ぐらいはあるのか。たまに聴いてやらないと、持っていたことも忘れるので、埃を落とすつもりでオーディオにかける。夜は、ここでお酒を飲む。地下室にはテレビがないので、読書と音楽に専念するしかない。この不自由さもいい。赤いソファーに寝ころんで、豆皿のピーナッツを食べ、ウイスキーのソーダ割りをなめながら、大好きなアン・サリーの天上的至福の声を聴いていると、月の夜に湖に浮かべた小舟に揺られているようで、別にこのまま死んでもいいやと思うのだった。

夏目漱石はいわゆる修善寺の大患で、八百グラムの血を吐いて、一度死んだ。人事不省からよみがえり、安静の床で新たな境地を得た。家庭や友人、医師など、自分に関するすべての人に感謝し、「余は病に謝した」と「思い出す事など」に書いた。そして「願わくは善良な人間になりたいと考えた」のだった。漱石このとき四十三歳。かなり遅れたが六十二歳の私も同じ心境である。「善良な人間になりたい」と思うのだ。

第一章

俺たちには明日がある

嫌いは嫌い、好きは好き

本当に自分が好きなものを、なかなかはっきりとそうは言い出せないことがある。複数の人と話していて、周囲の空気、話の流れが一方に傾いたとき、「いや、でも私は、そう思わない。嫌いだね」と言うのは、難しいのではないか。話題にもよるが、一身を賭けてでも守りたい、という深刻な話がそれほど出るわけでもなく、なんとなく世上のトピックスや、食べ物、スポーツ、小説など軽いテーマの場合は、その場を支配する空気を濁してでも、言いたいことを言う勇気は出ない。「まあ、いいか」と抗弁をあきらめてしまう。若い時はとくにそうだった。

たとえば、洋楽ファン（いまや死語か）の多いメンバーの中で、「日本のフォークが好き」は言い出しにくい。なんとなく、洋楽の話題で流れて行って、「キミはどんなの聴いているの？」と向けられたら、「まあ、ビートルズやサイモン＆ガーファンクルとか、いちおう」と無難な回答に逃げる。ピンク・フロイドやレッド・

ツェッペリンが飛び交う中、「カーペンターズのカレンの声が大好き」とは、非常に言い出しにくかったのだ（「カーペンターズはイモだよ」と言われたことがある）。意外に、南沙織は可愛いいよ、都はるみのこぶしはいいよと言う方がロックファンに受けやすい。これ、わかってもらえると思うけど……。

音楽の話になったので、音楽の話で続けると、「嫌いは嫌い、好きは好き」が、じつは発言しにくい。クラシックを頂点に、見えないヒエラルキーがある。なぜにかような不自由さの中で、音楽は享受されねばならないのか。

そこのところのモヤモヤを打ち破り、みごとに、はっきりと言い出す勇気を持った人がいた。二〇一〇年六月七日「朝日新聞」夕刊、「仕事中おじゃまします」という企画記事に、作家の万城目学《まきめまなぶ》が登場。一九七六年大阪生まれ、京都大学法学部卒業後、メーカーに就職し、のち独立し作家になった。『鴨川ホルモー』『プリンセス・トヨトミ』など話題作、映画化された作品も多い。直木賞には過去五回候補となり、いずれも逃しているが人気作家だ。

記事では、連載中の長編「偉大なる、しゅららぼん」について語っているのだが、私が注目したのはCDが写った小さな写真と、そのキャプション。「息抜きはチャゲ&飛鳥。中学二年からのファン」云々とある。この時「万城目くん、えらいなあ」と感心したのである。先ほどからの話で言えば、「チャゲ&飛鳥」は、かなり言い出しにくい部類のアーティスト名ではないか。無難な抜け道はいくつもある。「原稿を書き上げたあとは、ちょっとモーツァルトを」とか、「夜、お酒を飲みながらマイルス・デイビスのミュートトランペット」とか、日本のミュージシャンなら「忌野清志郎」あるいは「ブルーハーツ」でもかまわない。「ああ、そうなのね」でスルーしてもらえるだろう。異論、反論の抵抗がない。

以下、ファンがいるからには書きにくいけど「チャゲ&飛鳥」は、名前からしてお洒落じゃない。音楽も歌い方もあり方もちょっと暑苦しい（ごめんなさい）。クスリで捕まった飛鳥を前提にしているのじゃないよ。それ以前の話。それにしても……。ああ、もう止めます。これは好みの問題だもの。武道館を満員にできる実力とファンの数を持っているのだから、悪かろうはずはない。「え、チャゲ&飛鳥のどこがいけないの?」と反論されたらあっさりと口をつぐむ。

しかし、この記事をわざわざ切り抜いて、スクラップ帳に貼り込んだのはなぜか。万城目の作家生活に心惹かれたのではない。「チャゲ&飛鳥」のファン、と言い切った三十代半ばの心意気を、私も学びたいと思ったのだ。それに、もう歳を取ってしまったから平気だ。どう思われたっていい。これからは「好きだから好き」と、ちゃんと言います。

「カーペンターズの『雨の日と月曜日は』を聞いたら、胸がキュンとなるんだよなあ。伊藤咲子の『乙女のワルツ』は、一人カラオケで歌うと、必ず泣いてしまうのよ」

人と話して気づかされること

他人は自分を映す鏡である。……なんて、かっこいいこと言っちゃって。でも、本当にそう思うのだ。自分のことはいちばん自分がわかっている。そうとも言えるし、逆もまた真なり。つまり、他人が自分について何か言ってくれて、それで自分に気づくということがよくあるのだ。もちろん、言われたことでカチンと来て、「なに、言うとんねん」と腹が立つこともあるが、おおむね、指摘されたことはそのとおりなのだ。

あるいは、人が話している中に、自分のことを言っているのではなくても、あそうだなと気づかされることがある。だから、人と話すことは大事だ。

あとでもう一度触れるが、画家の牧野伊三夫邸へお呼ばれしたときのこと。二〇一八年は、ずいぶん牧野邸へ通って、ごちそうになった。翌年四月発売の美術同人誌「四月と十月」40号記念号がアトリエ取材特集で、同誌執筆のライターが、それぞれ画家や美術家のアトリエを訪問するという企画が立った。この日は木村衣有子《ゆうこ》さんが、牧野さんを取材。終えて打ち上げに、私も仲間に加わる。中央公論新社から『画家のむだ歩き』という牧野さんの新刊が送られてきて、木村さんからは、ちくま文庫から発売したばかりの『味見したい本』をちょうだいする。「画」「食」とお二人らしいテーマの本である。木村さんと喋るのは久しぶり。木村さんは写真も上手で、私の先生である。オフビートの会話が楽しい。

ライター同士がいろいろ情報交換する機会は、ありそうであまりない。貴重である。そんな折、木村さん側から次のような話になった。書き手と編集者は、本を作っている間、一種の恋愛もしくは共犯関係（同性でも）に陥る。その編集者が担当するほかの書き手の話題が出ると、ちょっと嫉妬するという点で、木村さんと私は一致した。さらに木村さんが「私だけを見て！」という気持ちになると、正直に可愛く言ったので、ちょっと笑ってしまった。しかし、同感である。ということは、担当編集者と話しているとき、ライターは、つき合いのある他社の編集者をほめたりしない方がいいかもしれない。

＊

編集者の宮里潤くんとは、彼が晶文社にいた時代に知り合い、のち、本の雑誌社へ移って、仕事を依頼されたりする関係である。いまは引越したが、かつては西荻窪在住だったので、道でばったり、ということもあった。その宮里くんが、私が長年仕事をしている「サンデー毎日」と同じフロアにある毎日新聞出版社に、編集者として転職してきた。これまた同じフロアの「週刊エコノミスト」編集部には、ライターの北條一浩くんが嘱託として、詰めて働くようになった。北條くんとも長いつき合いで、一つの狭い穴に石が転がり込むように、同じ場所に知り合いが集まってきた。狭い業界とはいえ、不思議なことである。

私は「サンデー毎日」で、毎週一ページ五本というミニ書評を連載していて、その本選びのため編集部に週二度通っている。各出版社から大量に届き積み上がった本の中から、二週分を選ぶのだ。出版社が同じ週で重ならなければ、基本、私に裁量はまかされていて、なかなか楽しい仕事なのだ。ものの三十分ほどで作業が終わると、帰り際、フロアをちょっと見渡す。北條くん、宮里くんがうまく席にいると、声をかけて一緒にお茶をしながら雑談をするようになった。うまく三人のタイミングが合うのは、何ヶ月かに一度くらいだけれども。

この日も、うまく三人顔を合わせて、毎日新聞出版社が入ったビルの向かいにある千代田区役所へ。最上階近くにカフェレストランがあり、眺めがよく、昼食の時間帯以外は空いている。三、四十分、近況報告を含め、ここで業界の噂話などをするのだ。この時は、宮里くんがいわさきちひろの本を作っている、と話した。すかさず私は、ちひろが神保町に住んでいて、近くに幼き日の三宅裕司もいて、意外なつながりがあることを話し始めた。すると「三宅裕司が」というところで、宮里くんが「！」という顔をしたので、さすがに、この話は知っているなと思ったが、最後まで黙って、私が話し終わるのを待っていた。こういうこと、大事だなあ。つまり、立場が逆なら、「乳が張ったちひろが三宅の家に頼んで授乳をしたんですよね」と引き取って、先に喋ってしまうだろう。これはダメなんだ。人の話にかぶせて、しゃしゃり出て喋る悪い癖が、私にはある。気づかないのではなく、気づいているのだが、止められない。他の人と話してても、そういう人がいて、こっちが喋り始めてすぐ、話を引き取ってかぶせてきてしまう。こっちは上げた花火が花開かないうち、しぼんでしまうのだ。しかも自分が喋りたいのとはちょっと違っている場合もある。違うんだけどなあと思いつつ、もう喋る気は失せている。宮里くんは「！」と気づきながら、最後まで私を立てて黙っていた。あの顔を覚えておこう。

＊

大相撲中継が始まると、夕食時に酒を飲み始める習慣が身につき、たちまち沈没、深夜や未明に目覚める。これは、かなりいけない兆候ではあるまいか。本は相変わらず、仕事用も含め、浴びるように読んでいる。この数ヶ月、知り合った二人に別々のところで、本は読むが小説は読めないのだ、と聞いた。本が好きという、ごく一般的な嗜好で言えば、小説を指すことが多く、逆に小説以外も読めよと言いたくなるが、その逆を聞くと、それはそれで、どうかしてしまっているのではないか、と思うのだ。小説を読むには技術がいる、というのは確かで、つまり読み手の想像力の参加が欠かせない。そのあたりをメンドウというか、苦手としている人がいるのか。この問題は保留にしたい。

しかし、ちょっと考えても開高の『輝ける闇』『夏の闇』や、大江の『芽むしり仔撃ち』『個人的な体験』、北村薫『秋の花』、アン・タイラー『歳月のはしご』、ディック・フランシスの諸作、あるいはアイザック・ディネーセン『アフリカの日々』（挙げ始めたらきりがない）などを、読んで、そのよさがわからないというのがわからない。小説が読めないというのは、想像力がないというのと一緒で、人生、損しているよと言いたいのである。私はエッセイも評論も詩歌もまんべんなく読むが、一位は小説である。小説を読まない読書家、なんてありえるだろうか。

＊

知り合いの部屋や家を訪問して辞するとき、私はたいてい「じゃあ」と言うと、それっきり振り返らない。一度「振り返らない岡崎さん」と玄関で言われて、この日は、一回だけお愛想で振り返る。「あ、振り返った」とうれしそうな声がする。そうか、何度か振り返るべきなのか。何回ぐらいが適当かと帰り道に考えてしまった。私は、一緒に電車に乗っていて、知り合いが先に降りるとき、じゃあと言って挨拶して、ドアが開くとき、ちょっと向こうが振り返って頭を下げて、電車が走り出す車窓で、またホームで立ち止まって挨拶されるというダンドリが、これはなんだろう、面白い習慣だとずっと思っていた。永遠の別れではないんだから、あっさりでいいんじゃないかとちょっと思うのであった。ほかの国の人はどうなんだろう。レイモンド・チャンドラー『長いお別れ』（ハヤカワ・ミステリ文庫）で、私立探偵フィリップ・マーロウが、女との別れのシーンで、ベッドに残された長い一本の髪を見つけて、こんなふうに内的独白をする。

「こんなとき、フランス語にはいい言葉がある。フランス人はどんなことにもうまい言葉を持っていて、その言葉はいつも正しかった。さよならをいうのはわずかのあいだ死ぬことだ」

なるほど「うまい」ことを言うものだ。

日本の「さようなら（左様なら）」が、「もしどうしてもそうしなければいけないなら」という意味を含むサヨナラの言葉であることに感動したのはイザベラ・バードであったか（違っているかもしれない）。しかし、これは俗説という指摘もある。「さよなら」は難しい。

＊

ＣＳでドラマ版、向田邦子脚本の「あ・うん」（もとはＮＨＫ総合、一九八〇年放送）を見る。杉浦直樹、吉村実子、フランキー堺という配役が絶妙で非の打ち所がない。映画版（高倉健、富司純子、板東英二）も悪くなかったが、いや、やっぱりドラマの完成度に比べたら落ちるだろう。ずいぶん前、友人たちと、このドラマ版「あ・うん」を寸評していて、「映画の富司純子に比べたら、ドラマの吉村実子は、容色の点では少し落ちるけど」なんて言ったら、ある女性が「違いますよ、そこがいいんですよ。そんなにきれいってわけじゃないのに、門倉《かどくら》（杉浦直樹）が惚れるところがいい」と、じつにうがった意見を言って、「なるほど、然り」と印象に残っている。男性（というより私）が見る目はスケベが過分に加味しており、女性の目の深さが足りない。男性の目が概して幼稚なままで、女性の意見に教えられることが多いと気づくのだ。

＊

髙橋秀幸さんプロデュースによる、私の素描展が、八王子のギャラリー「白い扉」で開かれた（二〇一八年十月二十七日〜十一月十一日の土日）。準備段階から、髙橋さんとは密に接し、よく喋った。「白い扉」へ通い始め、髙橋邸の居間の大机で作業をしていたときのこと、たちまち、私のまわりがモノであふれ、散らかってしまった。髙橋さんがあきれて笑い、「岡崎さん、散らかしますねえ」と言う。「その方が落ちつく

んでしょう」とも言われ、思わず「そうなんだよ」と答えた。そうか、「散らかっている」方が落ちつくのか、と初めて気づいたのだ。私が帰った後、いつも散らかったのを、髙橋さんが手際よく、片付けてくれている。その手際のよさに感心させられた。

テレビや新聞雑誌で、「発達障害」の文字を目にすることが多くなって、その症状のいくつもが自分に当てはまることに気づく。ものが片付けられない、忘れものをよくする、衝動的に余計なことを言うなどはその一例だ。なんだ、全部自分に当てはまっているじゃないか。「障害」とつくので重く感じられるが、「発達障害」そのものは、自然に、誰にでも起こりうることだと認識した。一度そう認めてしまうと、だからどうだと言えないが、腹を据えて、残りの人生、そのことを自覚して生きて行こうと思うのだった。

自分にとって大事なものが大事

私は服装や装飾品、小物などに、ほとんどお金をかけない。たとえば時計。下手すると、時計をせずに外出した際、百円ショップで五百円ぐらいの時計を買うこともある。五百円だからといって、極端に安物っぽいわけでもない。それでもさすがに五百円。一ヶ月もしたら、電池が切れてしまうこともあるが、時計の電池交換に八百円から千円取られるご時世だから、それでハイサヨナラである。

世の中には、時計といっても何百万円もする高級品があり、芸能人など、それをつけていることがステイタスとされるようだ。それはそれでいい。芸能人の仕事は、収入が高く、稼いでいることが存在証明のようなところがあり、いいものを身につけることが評価にもなる。ブランドもののバッグ、靴、ジャケットなど、もちろん高価なものには、高価な素材が使われており、デザイン含め、お金がかかっている。いいものは見映えがよく、しかもいい素材を使っているため長持ちするのだろう。

だが、ブランドものに身を包むという趣味が、経済的にいっても私には皆無だ。「ユニクロ」「無印良品」「イトーヨーカドー」で、身を包むものは買ってしまうのがほとんどである。しかも、気に入ったものを繰り返し着る癖があって、ずいぶん前に買った「ユニクロ」の長袖Tシャツは、キース・ヘリングがデザインしたものだが、なんとなく身になじんで、首のあたりがすでにほつれているが着続けている。外へ着て出ることはないが、部屋着として愛用している。

歳を取れば取るほど、世間体を気にしなくなる。どう思われたって、変えようがない自分がいて、けっこうそのことに満足もしている。円熟、というのとは違うが、心と外見が、過不足なくシンクロしていって、自分とうまくなじんでいたら、もうそのまま

いったい、いつ買ったものか。ユニクロの長袖Tシャツ。色もあせ、かなりヨレヨレだが、そのためにかえって着心地はよい。

でいいではないか、それが自分なのだからと思うのである。もちろん、あんまりみっともない格好をして外出することはないが。逆に、世間の価値とは関係なく、自分にとって大事なものをいくつ持っているかが、人生の終末近くになってくると重要ではないか。

そこで本の話になるが、私は古本に関する著作を多く世に送り、古本ライターなどと名乗り、古本も古本屋も大好きではあるが、いわゆるマニアでもなく、古書通でもない。好き勝手に、古本の世界で遊んできただけである。だから、古書鑑定に出して、高額がつくような逸品はほとんど持っていない。いや、これは謙虚なのではなく本当である。

引越しや、手許不如意のときなど、どんどん蔵書を大量に処分してきた。そうすると、だんだん、本に執着もなくなってくる。そんな中で、若い頃に買った本で、なんとなく売らずに、持っている本もある。古書的価値があるから、もっていないから売らない、というのではなく、むしろ売れば百円にもならない。その気になれば安く、いつでも手に入るような本が、けっこう残されているのだ。

たとえば、しばらくその存在を忘れていたが、本の整理中に出てきたのが、一九六四年刊の『世界の美術24　クレー』（河出書房新社）だ。これ、おそらく二十代の初めに、どこかの古本屋で買ったはずだ。クレーは、洋画家の中で、最初に好きになった一人で、なにか手頃な画集が欲しいと思っていたところに見つけたものだ。買った当時の売価はおそらく二百円ぐらいか。発刊時の定価は四百八十円。一九六四年の大卒公務員初任給が一万七千百円。かけそば五十円。ラーメン六十円。現在の物価はその約十倍だと換算すると、四千八百円ぐらいの感覚か。かなり高い。書籍の上昇率は諸物価に比べ、やや鈍いことを考慮しても、いまの感覚で三千円以上はした感じなのか。

その後、一九七一年に集英社から大判の『現代世界美術全集 ヴァンタン版』（全二十五巻）が出て、これは相当売れたらしく、供給過剰となり、いまでは古本屋の店頭で一冊百円から三百

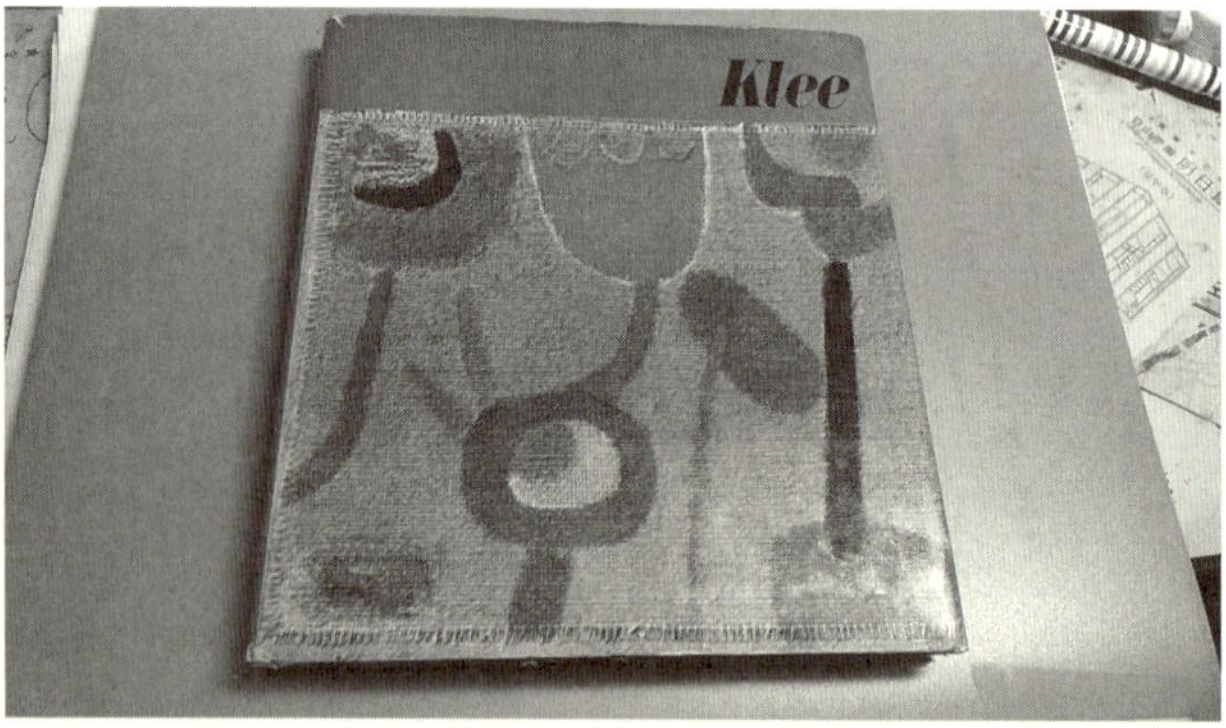

円ぐらいで転がっている。当時の全巻の定価は三万二千五百円もした。一九七一年の大卒公務員初任給は四万一千四百円。現在の物価はその約五倍と換算すると、十数万ぐらいの金銭感覚で、当時の人はこの美術全集を購入した（おそらく月賦だろう）。建売の文化住宅の応接室に設えた本棚に飾るのにぴったりの家具的出版物であった。

河出『世界の美術』シリーズは、それより遙か判型は小さく、指を広げて、手を置いたらすっぽりと収まるぐらいのハンディなサイズだ。その後各社から出た、カラー版の美術全集はどれも持ち重りがするほどの大きなサイズだから、それらに比べたら見劣りがする。カラーの印刷技術も、当時としては最高であっても（凸版印刷）、発色は悪く、全体に少しくすんで見える。それでも、私はこの画集を何度も広げて見たし、売ったり捨てたりする気にならなかった。外出する時、カバンに入れて外で眺めたこともあった。

だからなによりもまずサイズだ。手に持ってページを広げるのに負担にならない。ちょうどいい大きさとカラー図版が九十一点と多いこと。それに解説執筆を大岡信が担当している。大岡の本業は詩人、ということになろうが、美術や古典文学など、幅広い分野に理解を示し（「理解魔」と揶揄された）、評論活動をしてきた。

この『クレー』が出た前年、読売新聞社を退社し、渡仏。パリ青年ビエンナーレ詩部門に参加している。早くから欧米の芸術家、詩人とも親交があった。

巻末には、九十一点すべてに二百字程度の解説が付され、その一部が、五十字ほど抜粋されて、各図版の下部に、絵のタイトルとともに掲載されている。簡にして要を得て、まずは作品理解はこれで十分。パラパラめくりながら、この短評を楽しみながら、若い私はクレーに近づいて行ったのである。

たとえば「空に舞う（上昇の前）」と題された油彩（一九三〇年）。大岡はキャプションにこう書く。

「完全な図形の寄せ集めから、何と軽やかな物体が生まれることだろう。物体は一本の矢印によって上昇する」

作品を見せないで、文章だけ読んでも仕方がないにしても、いい解説だ。それ自体、詩のようだ。巻末に付せられたもう少し長い解説は、次のとおり。

「完全に幾何学的な図形の寄せ集めから、何という軽やかな物体が生まれることだろう。ここでは点と線と面が、互いに交錯し、支えあって、最も純粋な力学的均衡状態を生みだしている。色彩がここで果している決定的な役割りも見のがすことはできない。（中略）このふしぎな物体は、一本の矢印によってたちまち上昇性を与えられるのである」

解説文の最初と末尾がうまくアレンジされて、キャプションになっていることがよくわかる。しかし、初発の鑑賞は、各作品につけられたこの短いキャプションで十分。のち、巻末の解説で、やや詳しく、絵について教わることになる。私のクレーへの理解は、ほぼこの一冊で尽きている、と言ってもよい。

世の評価、価値づけとは別に、自分にとって何か大切なもの。それをいくつ持っているかが、その人の人間性を決めるのではないか。

古いセーター、使い慣れた万年筆、骨董市で買った小さなお皿（ピーナッツを入れる）、学生時代に買ったヤマハのフォークギターなどなど、自分によくなじみ、親しんだものを引きつけて、いつも近くに置いておく。大事にしたい、いくつかのものに囲まれることで、平凡な日常も自分にとって大事なものになっていく。

人生の教師　司馬遼太郎

司馬遼太郎（一九二三〜九六）が亡くなって二十年以上たつが、いまだ人気は衰えず、編集者の回想が続々と本になり、研究書の類も多数出ている。主要な小説作品は、ほぼ文庫で入手可能であるし、エッセイその他をかき集め編年体でまとめたシリーズもある。講演、対談、座談会も複数の出版社から文庫化され、よく読まれているようだ。

私は若き日、司馬のいい読者ではなかった。まっしぐらの「純文学」小僧だったからである。時代小説、大衆文学の類は見向きもしなかった。何かのきっかけで『竜馬がゆく』を読んで面白さに目覚め、『燃えよ剣』『世に棲む日日』などを読んだ。とくに後者の吉田松陰にシビれた。しかし、信長や秀吉、家康、斎藤道三などには近寄らなかった。権力闘争や陣地取りに関心がなかったからだ。

最近になって、『街道をゆく』をはじめ、全十五巻のエッセイ全集『司馬遼太郎が考えたこと』（新潮文庫）、『この国のかたち』（文春文庫）などのエッセイ群、さまざまな対話集などを読むようになった。該博な知識に教えられることは当然ながら、何気ないひと言に感じ入ることが多い。「人生の教師」としても、司馬遼太郎を読むのだ。

出久根達郎が『作家の値段』（講談社）という、古書店の店主の立場から作家を評価する本がある。ここで興味深いエピソードを紹介している。中学校で行われている「朝の読書運動」で、司馬のファンになった十四歳の少年が、なぜか『竜馬がゆく』を初版で読みたくなった。そこで教師に相談すると、そんなものは安く売られているよとアドバイスした。出久根は「教師の推理は誤っている」と言う。つまり、『竜馬がゆく』の第一巻が出た一九六三年の時点で、司馬はベストセラー作家なんかじゃない。初版部数は決して多くなかったのである。

関川夏央によれば、人気が不動になったのは一九六五年にＮＥＴ（現テレビ朝日）で『新選組血風録』がドラマ化されてから。一種、青春小説として、学生運動をする若者に支持されたという。それが証拠に、『竜馬がゆく』は産經新聞夕刊の新聞連載であったが、完結後、産經新聞の出版部は書籍化に難色を示し、申しわけなく思った担当の渡部司郎が、文藝春秋に持ち込み、ようやく本になった。

初版は八千部。のちの司馬の売れ行きから考えれば、「たった」と言いたくなる数字だった。「日本の古本屋」で検索すると、『竜馬がゆく　風雲篇』（文藝春秋新社／一九六四年）初版に三万円の値がついている。

寄り道をしたので、「人生の教師」司馬遼太郎の話題へ戻す。いま、司馬の著作をあちこちからかき集め並べてみたら（私が司馬を読むのはほとんど文庫）、ずいぶん本の天に付箋の頭が覗いている。中を開けると、方々にラインをがしがしと引いている。小説の文庫は、まっさらなものはともかく、ちょっと古びたものは古本屋は引き取りたがらない。それなら、使い倒してしまおうと、遠慮なくラインを引くわけだ。

たとえば、こんな個所。山村雄一との対談『人間について』の「あとがき」が、『司馬遼太郎が考えたこと　十二』に収録されている。司馬は同じ大阪出身の阪大名誉教授の山村が持つ「機智とユーモア」を愛した。「どこか、山村さんにはおかしみがある」というのだ。そのうえでこう言う。

「生物学的には自己愛のないものはない。しかし自己の中に自己だけが閉塞して詰まっているひとには、見ていて好意あるおかしさは湧かない」

山村には、この「自己愛」が感じられない。「自己が大きく空いているために、他人の創見についての受信感度がよく、そのことについてつねにびっくりしたり、敬意を感じたりするういういしさが用意されているのである」とも言う。

私などは、日頃、多くの人と接していて、この言葉はびんびん響く。まったくそのとおりだ。それを、じつにうまく解説していると思えるのだ。

つまり、世の中には「自己愛」が著しく強く、「自己の中に自己だけが閉塞して詰まっているひと」がどれほど多くいるか。話していて、窮屈に思い「なぜ、この人は自分のことばかり話すのだろう」と不快になり、やがて不思議にも感じる。じつによくあることなのだ。この、なんとなく感じていた「不思議」が、司馬の手によれば、方程式を解くように鮮やかに解答が示される。

なるほど「自己愛」の人は、えんえんと自分の考えや体験を述べ、それにこちらが意見や感想を差し挟むと、それは聞いていない。聞いていないどころか、こちらが言ったことと主旨は変わらないのに、「……というか、こういうことなんだよね」と返してくる。つまり「自己だけ閉塞して」いるため、他人の意見に同調する、あるいはそこに自分の意見を添わせて軌道修正する、ということがまるでない。あるのは、自分中心の意見だけ。これは空気が悪くなります。

話し上手は聞き上手、とよく言うが、人の話をまるで聞かない人が、世の中にはたくさんいる。人が話すことに、「つねにびっくりしたり、敬意を感じたりするういうしさ」がまるでない。逆に言えば、人と会話するとき、意識してそうすれば円滑になるというヒントがここに隠されている。相手が言うことに、いちいちもっともとうなずき「つねにびっくりしたり、敬意を感じたり」すればいいのだ。意識すれば誰でもできる。簡単なことである。

司馬は山村と対していて「あざやかな少年」を感じるという。そして「すぐれた感受性や創造性は、その人格の中の大人《アダルト》の部分がうけもつのではなくて子供《チャイルド》の部分がうけもつ」と喝破する。この手の、思わず膝を打ちたくなる卓見が、司馬の文章には散りばめられている。

吉田松陰のまわりに、なぜあのように多数の俊英が集まったか。それは「自分は秀才でありながら、人の長所ばかりを言っていた」からだと講演「松陰の優しさ」で言う。ところが人の長所はなかなかわからない。わかるために必要なことは何か。

「心を非常に優しくすれば、わかってくるものなのです。心を優しくするためには、己をなくすことがいちばんです。（中略）たとえ頭がよくても、心が優しくなければだめなのです」（『司馬遼太郎全講演［1］ 1964－1974』朝日文庫 ※以下同）

私は勝手に、これらの司馬の著作から名言を抜き出し、小さなノートにまとめている。

たとえばこんなのがある。

「風が吹いてもハトが飛んでも自動車が動いても、その瞬間に深く心に感ずるという人が、偉い人ですね」（「死について考えたこと」）

物事がよく見えるためにはどうするか。

「自分のなかにあるいろんな押し詰まった偏見をなくしてしまえば、たいていのものは見えるのではないですか」（「薩摩人の日露戦争」）

こうして見ていくと、司馬があちこちで書いたり、喋ったりすることは終始一貫しているように思える。つまり、自分をなくして、子どものようにまっさらな気持ちで感受せよということか。難しいことだとは思うが、そのことを意識するかしないかで、人との対応や生き方が変わってくるのではないか。そう思って、自家製「司馬ノート」を、私はときどき開いて読むのだ。

淋しさの研究　ニシワキを読む

孤独は青春の特権で、一度も自殺を考えないで通り過ぎた人は、なんだか信用ならない。若い頃は無性に淋しくて、大人になると淋しくなくなるのかな、などと考えていた。ところが、大人になっても淋しいのである。結婚しても、子どもができて家族が作れても、まわりに親しい友人がいても、とてつもなく淋しくなることがある。上林暁も「人間の心の奥には、妻子眷族によってもけっして満されることのない孤独の鬼が棲んでいるのだ」と、小説「野」に書いてる。

老いへの不安、経済的な問題など、具体的要因を挙げても、大人の淋しさの正体には近づけない。そんな気がする。大人になって初めて気づく、人間としての根源的な属性とでもいえばいいか。源氏鶏太に『東京一淋しい男』という、しびれるようなタイトルの小説があって、仕事一筋の男が、気づいたら仕事以外には何もなくて、突如不安に襲われるというような話（だったと思う）。

淋しさを知って一人前。背中のどこかに寂寥の影を帯びていない大人など、魅力がないのではと思ったりするのは、西脇順三郎の詩を読んでそう感じるからだ。

西脇順三郎（一八九四〜一九八二）は、英文学者で詩人。現代詩の始まりをどこに置くか。萩原朔太郎とするか。しかし、私は西脇を起点に置きたい。それは、日本の詩歌で前例のない、まったく新しい詩の出現だった。一九二二年にオックスフォードに留学し、帰国したのが二五年。昭和の始まりで、三十二歳になっていた。長らく日本をお留守にしていた西脇は、坂口安吾も佐多稲子も知らなかったという。親し気に話しかけてきた男とエドガー・アラン・ポーについて語り合った後、別れてから一緒にいた知人に「あの人は誰でしたっけ」と訊ねて驚かせたことを、西脇研究の第一人者・鍵谷幸信《かぎやゆきのぶ》がどこかに書いていた。男は江戸川乱歩だったのだ。

それぐらい、日本人離れした人であっ

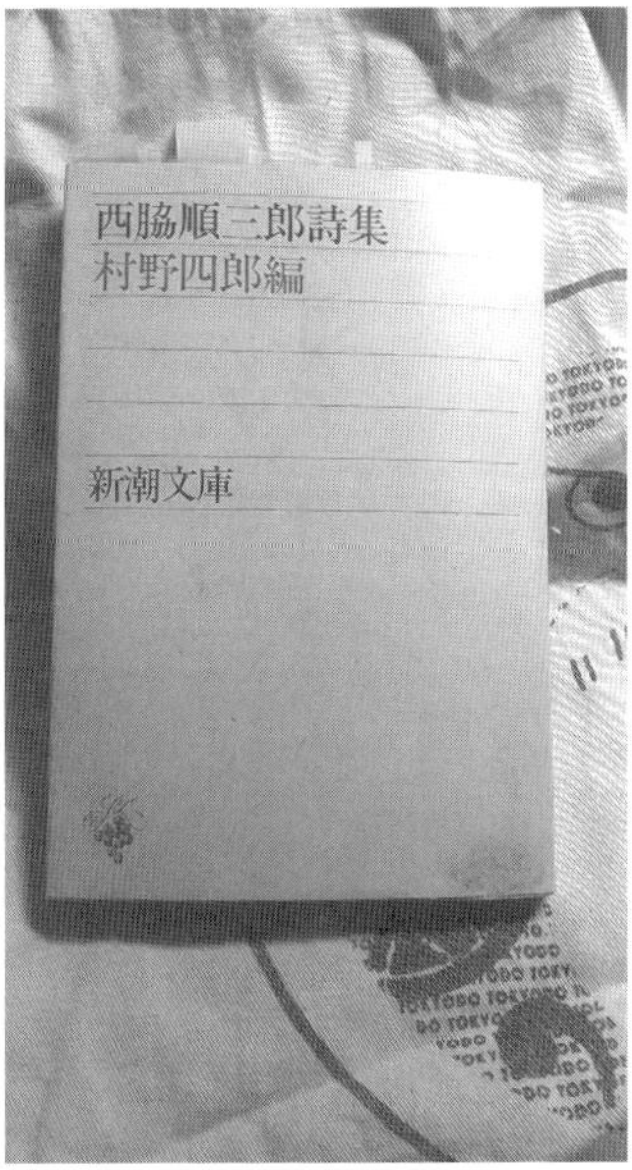

た（ちなみに最初の夫人はイギリス人）。まあ、そんなことはどうでもいい。私が繰り返し愛読している詩集に、村野四郎編『西脇順三郎詩集』（新潮文庫）がある。この文庫版詩集とは長いつき合いで、奥付を見ると昭和五十三年六月十五日十七刷、とある。私が大学生の頃だから、たぶん大学生協の書籍部で購入したのだろう。定価は二百二十円。この時代、貧しいながら、古本屋や生協書籍部で、何か本をとにかく日に一冊は買わないと、下宿へ帰れないような気持ちになっていた。あふれる文学への純情をなだめるのに、まず本を買うことが必要だった。

その後、西脇の詩集は、別のバージョンでも何冊か買うことになるが、この新潮文庫版に愛着があって、度重なる引越しに伴う蔵書処分も免れて、ずっと持ち続けて来たし、一年に一度くらい「ニシワキ」熱がぶり返し、枕元に置いたり、持ち歩いて読む。ごたごた言わずに、どんな詩か教えろと言われそうだ。わかりました。いちばん有名なのは、国語の教科書にもよく採択される「雨」という作品か。短いから全文引用する。

南風は柔い女神をもたらした
青銅をぬらした　噴水をぬらした

ツバメの羽と黄金の毛をぬらした
潮をぬらし　砂をぬらし　魚をぬらした
静かに寺院と風呂場と劇場をぬらした
この静かな柔い女神の行列が
私の舌をぬらした

古代ローマを思わせる舞台仕立てで、動詞の「ぬらした」をリフレインさせ、「雨」の動きをカメラアイのように捕えている。これは、西脇の作品では、かなりわかりやすい方である。脅かすようだけど……。文学論をここでするつもりはない。西洋人みたいな詩から出発し、次第に、時間や空間を自在に往き来し、「旅人かえらず」という連詩あたりから東洋に心身を移す。東京西郊の多摩地区の野をさすらい、「永遠」や「淋しい」という言葉が頻出するようになる。私はこのあたりからの詩が好きなのだ。しかも「小平《こだいら》」「武蔵野」「登戸《のぼりと》」「多摩川」なんて土地や川の名前が出てくる。京都の大学生だった頃は気づかなかったが、上京してのち、私が住みつく土地に関係した名前となるのだ。よりいっそう、西脇の詩が、体に入って来た。

連作詩「旅人かえらず」は、番号が振られた四十一の短い断章が連なる長編。

「七」に、「欅の葉の散つてくる小路の／奥に住める／ひとの淋しき」とある。「一三」に「夕陽に蘆の間に浮かぶ／下駄の淋しき」、「一五」に「菫は／心の影か／土の淋しさ」、「一八」に「野辺を歩くむつごとに／女の足袋の淋しき」と、「淋しき（さ）」が連打される。何が淋しいのか、どうして淋しいのかの説明はいっさいない。いきなり「淋しき」の世界がごろんと提示され、読者は放り出される。「失われた時」には、「淋しい故に我れ存在する」なんて一行さえもある。

　ここのところが大事で、よく詩がわからないという人がいるが、それは「意味」や「説明」を求めるからだ。あるいは役立つ「教訓」や「提言」を。しかし、詩は交通標語（「手をあげて　ただしくわたろう　横断歩道」）ではない。こうせよ、ああせよと命令するのは詩の役目ではない。いっけん、前後の脈略なく単語が飛び出し、イメージの衝突がある。そのことが『意味』や「説明」だらけの、日常の言語空間を揺さぶる。

　「オシャマンベで買つて来た蟹を／ハコダテの歯医者さんからもらつて／ナナカマドの木の下で喰べた」（「失われた時」）が、どこでどうつながってそうなるかを詮索しても時間の無駄である。音の連なり、文章のリズム、言葉のイメージが転回していく面白さを楽しめばそれでいい。「この本の中の考えは／テーブルをくもらす／雲の通過であろう」（「あざみの衣」）といった、美しいイメージは、散文からは得られない。詩だけに許された言葉の自由さだろう。「自然は永遠の一部分でない／「あらどうしましよう」／考えないことだ」（「えてるにたす」）なんてユーモアも、堅苦しい印象のある現代詩にあって、じつに貴重だ。

西脇詩の作中人物および主体は、とにかくよく歩く。野にさすらって、ときに芭蕉や西行に挨拶をする。村野四郎は文庫解説で「このように絶えず移動する。自ら流れることによって、停滞し固定するあらゆる空間的、時間的呪縛から解脱しようとするのである」と解いている。なるほど、うまく説明するものだ。

私も西脇を、町歩きや野を散歩しながら、休み休み、ページを開いて読む。そのときは、夫でも父親でもなく、ライターという職分も離れている。そして「一人」だ。西脇の詩に散りばめられた「淋しい」が、若い頃より、ずっと深く沁みてくることを知った。どこか明るく甘美な「淋しさ」だ。詩は青春期のもの、なんてとんでもない間違いだ。大人になって初めてわかる「淋しさ」があってもいいではないか。

大人になったからこそ、読める詩もまた、あることを知っていただきたい。

『西脇順三郎詩集』の最後に置かれた詩「宝石の眠り」全行を引いて終わる。

永遠の
果てしない野に
夢みる
睡蓮よ
現在に
めざめるな
宝石の限りない
眠りのように

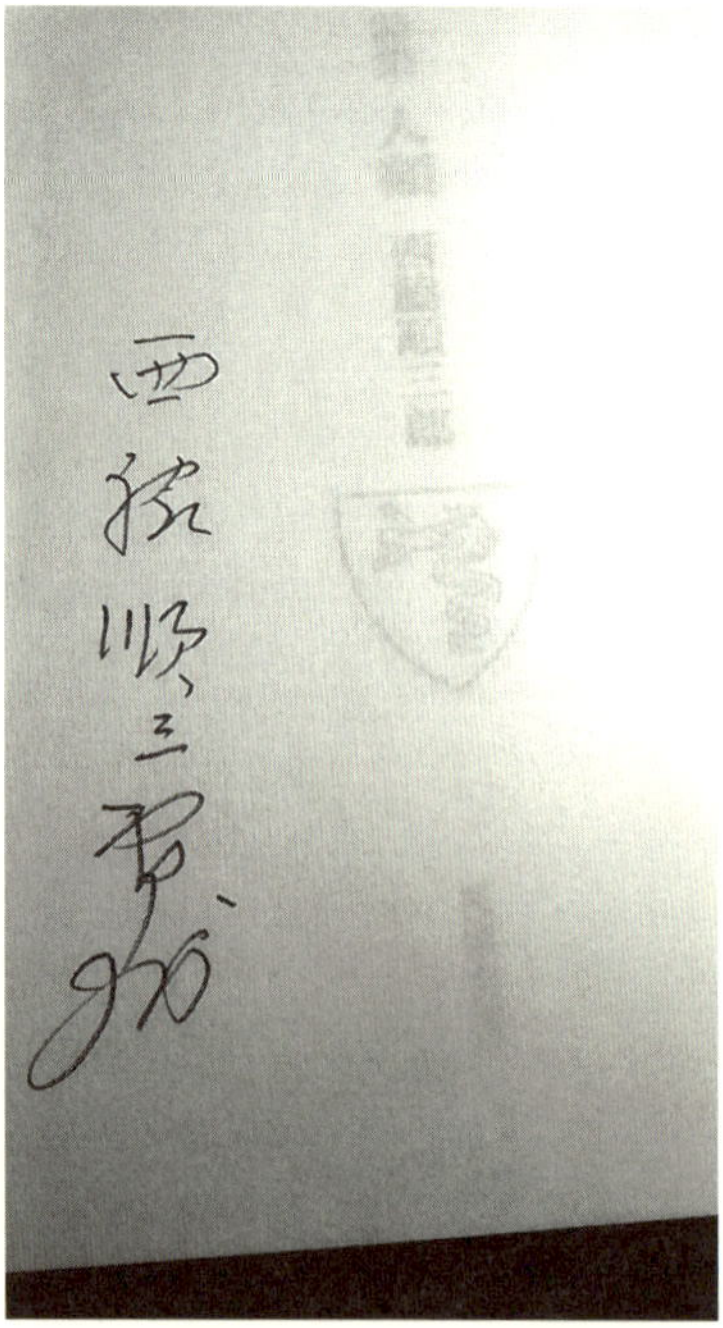

『詩集　人類』（筑摩書房／1979）扉に入った本人サイン。

第二章

いつも始まりは出会いから

上林暁旧宅を訪ねる

記念館として整備管理されない限り、昔の作家が住んだ家が現存されている例は少ない。荻窪にある井伏鱒二邸は、遺族がそのまま住み、ありがたいことに現在、拝むことができる。私も何度か立ち寄って、作家の体温を嗅ぎ取るように門前で立ち尽くした。

同じ荻窪界隈でもう一軒、かろうじて原形をとどめているのが上林暁旧宅（天沼一丁目）で、もう誰も住まなくなって久しい。消滅は時間の問題だろう。この一区画に、同様の平屋木造家屋が数軒ひしめいて建っており、手がつけられないまま残ったのだ。一度、つぶされると聞いて、これを最後と写真を撮りに行ったが、数年後にまだ建っていた。

1936年から80年の死まで、上林暁が住んだ家。

稀有な例である。

上林暁は「かんばやしあかつき」と読む。これは筆名で、本名が徳廣巌城《とくひろいわき》だから、どちらも頑丈そうだ。一九〇二年に高知県で生まれ、上京後東京帝大に学び、卒業後は改造社に入社した。生涯をほぼ私小説の執筆に費やし、短編小説しか残していない。それでも筑摩書房から二度、全集が出た。もっとも有名なのは、一連の病妻もので、「聖ヨハネ病院にて」は「あやに愛《かな》しき」のタイトルで映画化もされている（宇野重吉監督、主演は信欣三《しんきんぞう》。一九五六年）。病・貧・酒と私小説における三種の神器を手中にしていた。

戦後、二度も脳出血で倒れ、半身不随で寝たきりとなり、以後、上林は口述筆記で創作を続けた。すさまじい執念である。病床の兄を介護し、回らぬ口とみみずの這ったような文字を引き写したのが妹の睦子さん。その献身の結晶となったのが、上林最後の単行本となった『白い屋形船』（講談社／一九六四年）。読売文学賞を受賞した。堅牢な函入りで、本体とも無地の白。そこに赤字のタイトル、黒字の著者名、赤字の講談社版という文字のみがある。

手作りの木綿豆腐一丁、といった趣きで、薄利量産体制にある現在の出版界では逆立ちしても出せないような本である。私は、上林ファンの数名にくっついて、この旧宅を訪問したことがある。まだ存命の睦子さんと面会し、上林の生原稿などを見せてもらいながら話をうかがったのである。留守をしているが、もうすぐしたら上林暁が帰ってくる。そんな錯覚を起こさせるほど、生前そのままのたたずまいであった。

上林暁は一九八〇年に命の火を消した。どうしても、みんなに読んでもらいたい、というタイプの作家ではない。気づく人が気づき、わかる人がわかればいいのである。内緒だが、何度目かに立ち寄ったとき、玄関先の小石を一つ拾って、ポケットに忍ばせ持ち帰った。上林が踏んだ可能性の高い石と信じたい。

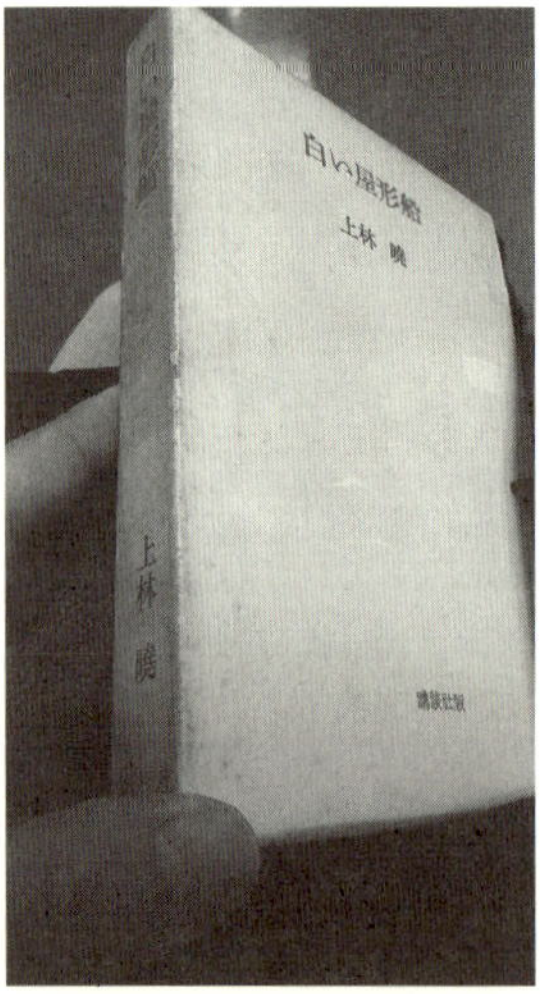

庄野潤三のこと

夏葉社から『山の上の家』という庄野潤三作家案内ともいうべき素敵な本が二〇一八年七月三十日に出た。これが装幀含めて、なんともいい仕上がり。カバンに入れて持ち歩くだけで、少し空気が涼しくなる感じ。ひとり出版社・島田潤一郎さん、渾身の仕事である。私も「庄野潤三とその周辺」という一文を寄せている。『夕べの雲』などでおなじみ、庄野さんの生田（神奈川県）の「山の上の家」が、二〇一七年に逝去された千壽子夫人の手で守り続けられ、このたび、年に二度（建国記念日と秋分の日）に限り、読者に一般公開されることになった（予約制）。そのことを契機に作られたのが今回の本だ。本が出来たお祝いとして、島田さん、執筆者である私、同著に関わった北條一浩さん、上坪裕介さん、そして沖縄から上京してきた古書店「ウララ」の宇田智子さん、ほか、応援団ともいうべき女性たちを加えて、庄野家に招待されたのである。

書き出すと、あふれそうに長くなるので、ここに事実だけ書き記しておく。この日はいい一日だった。庄野さんが書く小説のような（いろいろ話をうかがいながら、何度もそう思った）時間であった。今度の本には、秘蔵の家族写真ほか、庄野家のアルバムともいうべき、写真がたくさん収録されているが、一枚、ドキッとして目が留まったのは『ガンビア滞在記』で、庄野夫妻の重要な友達（ともに他国からのエトランゼ）として登場する「ミノー」の写真が掲載されていることであった。『ガンビア滞在記』は、写真が一枚も使われていないため、風景や人物を想像するしかなかったが、「ミノー」もそうで、ああ、こういう男性だったか、とここで初めて知ったのであった。「ウララ」の宇田さんに会えたのもよかった（初対面）。こちらは、思った通りの実質の伴った、真直ぐな女性であった。宇田さんも、何かの雑誌の企画で、「私の一冊」として『夕べの雲』を挙げていた。

庄野ファンが一堂に会し、その庄野作品でおなじみの、長女の夏子さん、長男の龍也さんに喜んでもらえたのが何よりであった。このお二人と接していると、自分までが、庄野作品の一部になったような気がするのだ。

その年の秋、第一回「山の上の家」公開が行われた。夏葉社・島田くんの話によれば、この日、全国から二百名もの人が訪れ、庄野邸前の坂には、タクシーがずらりと並んだ（最寄り駅「生田」からは、距離があるうえに、ずっと上り坂）。私は行けなかったが、後日、某所で知り合った男性から話を聞くことができた。庄野潤三邸公開の日に足を運んだという。その日、その中の一人だった某氏によれば、みな感激し、初対面なのに庄野ファンということで、同窓会みたいな空気になった

潤三の仕事用の机。鳥たちが遊びに来た庭がよく見える。愛用の品が大切に置かれてあって、いまにも、庄野さんが座って原稿を書き始めそうだ。

ようだ。いい話だ。そして、庄野さんの読者が、みな気持ちのよい人ばかりだというこ ともわかる。それも、いかにも庄野さんらしい。某氏は、庄野邸でその日販売されていた岡崎武志編『親子の時間　庄野潤三小説選集』(夏葉社)をお買い上げいただいたという。そういう場所で買うのはまた格別であろう。

潤三になり切って、書斎机に座る私。

うらたじゅん

異性、つまり男女で友情は成立するかという問いかけをよくされるが、そんなん、成立するに決まってるやん、と私は考えている。というのも、これから話す、うらたじゅんさんに友情に近いものを感じていたからだ。

二〇一九年二月、親しくしていた漫画家のうらたじゅんさんが亡くなったとの報を知人から聞き、衝撃を受けた。ガンで闘病中とは聞いていたが、その日がこんなに早く来るとは思わなかったのである。享年六十四は、やっぱり若過ぎる。それを知ったのは電車の中であったが、いろいろな場面が思い出されて、気づいたらボロボロと泣いていた。電車の中で、いい大人が涙を流して泣くのはみっともないが、かまわないと思った。泣くことで、うらたさんを追悼しようと思ったのである。

うらたさんに最初に会ったのはどこか。京都ではないか。「ほんでなあ、〇〇なんやんか」とベタな大阪弁で、中学生の女の子のように喋っていたのが印象的だ。心のきれいな人で、人を悪く言ったり、人の言うことを曲解して恨みを持つようなこともなかったと思う。だから、うらたさんに会って喋るときは、妙な気づかいや駆け引きは必要なかった。思ったまま喋ればよかった。それは気分のいいものだった。あれこれ、つまらぬことが気にかかり、人の言葉の裏を探す自分は汚れているなあ、といつも反省させられたのだ。

うらたさんは「枚方市《ひらかた》」の出身と在住で、私と同郷で中学校の先輩である。そのことを喜んでくれて、うらたさんが個展をよく開く、東京南青山の「ビリケンギャラリー」にたまたま来ていた同級生を紹介されたこともある。私の高校時代の同級生で、京都で古書店「古書　善行堂」を開く山本善行とも仲がよく、オープン記念に、大きな絵を描いてくれた。いまでも入り口近くに飾ってある。私も「ビリケン」へ行くたびに、何か一枚うらたさんの絵を買うようにしていた。うらたさんのほのぼのした明るくて、少し淋しい絵が好きなのだ。いつも見える場所に、うらたさんの絵が飾ってある。

そのうちの一枚は、書店、古書店などをテーマにした漫画作品のアンソロジー、山田英生編『ビブリオ漫画文庫』（ちくま文庫）のカバーに使われている。私が貸し出したのだ。うらたさんの漫画も収録されている。うらたさんからは、このとき、わざわざ礼状をもらった。これがじつに、うらたさんらしい飾らない文章でした。「ビリケン」には、さまざまな人が訪れたようだ。つげ義春とうらたさんのツーショット写真が、SNSのサイトに上がっていた。うらたさん、うれしそうだ。つげ義春が大好きであった。いつだったか、やっぱり京都で、うらたさん、善行堂、私、あと何人かで集まったときのこと。たまたま私が「ユリイカ」のつげ義春特集号を、京都の古本屋で安く買って、うらたさんにも見せたところ、持っていないという。口には出さないが「いいなあ、欲しいなあ」と顔に書いてあったので、あっさりとうらたさんにプレゼントしたら、「ほんま？　ええの？　ありがとう」と、胸にしっかりと抱えたことを覚えている。

東京では、「ビリケンギャラリー」に在廊のとき、顔を合わすのが常だったが、いちばん最後に会ったのが、国立にある「ギャラリービブリオ」で「女流奔流」というトークショーが開かれたときだ。二〇一六年十月十六日のこと。もと「ガロ」編集者で、北冬書房を経営している高野慎三さんを司会に、うらたさん、甲《こう》野酉《のとり》さん、おんちみどりさんの三人が語り合うイベントであった。私はこれに参加し、客席で話をメモしていたので（いつもそうする）、うらたじゅんさんの部分をピックアップして、当時書いたブログから再現してみる。

国立「ギャラリービブリオ」で開催中の「幻燈展覧会」（25日まで）に合わせて、連続されるトークショーの一つ「女流奔流」を聞きに行く。ここに出演されるため、うらたじゅんさんが上京、ビブリオで言葉を交す。ほか、おんちみどり、甲野酉各氏との鼎談を、高野慎三さんが仕切る。三者三様、個性的な世界を作り上げている女流漫画家たちだけあって、重なりそうで重ならないところが面白い。ただ、お三方とも演劇をやっていた（舞台に立つ経験を持つ）という。それも偶然の一致で、たぶんだが、男性の漫画家を三人揃えても、そんなことは起こらないだろうと勝手に想像すると、三者の作り上げる異相世界が少し覗けた感じがする。

三人の中で、ぼくが知り合いなのは、うらたじゅんさんだけで、多少のことは知っているつもり（同じ中学の先輩）だったが、やっぱりいろんなことを知らなかったとわかる。喋っていると、おっとりとして、しかしピュアなものが伝わってくるうらたさんだが、行動派でもあり、若き日、頭脳警察、村八分、タイガース、天井桟敷のコンサート、公演などを関西で追いかけて観ている。「ガロ」に天井桟敷の広告（団員募集）が掲載されており、そこに原稿用紙二枚の作文が必要とあったのを、京都で、寺山修司に会った時、「行為の人、寺山修司が、なんで作文なんか書かせるのか」と難詰したという。寺山はそれを面白がってニコニコ笑い、「あのねえ、つまり書く内容がどうこうじゃなく、その人のやる気を見てるわけですよ」みたいなことを言った。「私、バカだったから、あの寺山修司にそんなこと言ってしまった（笑）」とうらたさんは弁解していたが、いやいや、寺山はその日のことを、ずっと覚えていたと思う。

うらたさんは、少女時代から「ＣＯＭ」や「ガロ」を読んでいたが、「ガロ」は耳鼻科の待合室にあったのを読んだというからすごい（「ガロ」が置いてある耳鼻咽喉科医院があるとは！）。うらたさんは、高野慎三制作、つげ義春原作、山下敦弘監督「リアリズムの宿」の撮影現場に、取材で出かけた。それが「夜行《やぎょう》」（北冬書房）という、うらたさんが寄稿する漫画雑誌に掲載された。ところが、ギャラが払えないというので、高野さんは、うらたさん、山下監督を京都・円山公園の「長楽館」に招待した。明治時代にたばこ王の村井吉兵衛が建てた洋館で、現在はレストラン、ホテルとして使われている。コーヒー一杯が８００円するような高級店だ。高野さんは「なんでも好きなものを食べて下さい」と言ったが、山下さんは「ぼく、カレーライスが好きなので、カレーライス」と言って、いちばん安いメニューのカレーライスを注文し、うらたさんもそれに倣った。「山下監督、いい人なのよお」と、うらたさんは感激したという。

五十代を迎える頃から、同世代の人を先に見送ることが多くなった。悔しく、悲しいことだが、それを受け止めることで、若い時は抽象的な概念だった「死」が、具体的で身近に感じられるようになった。早く亡くなった人のことを、生きている人より、思い出すことが多い。思い出すことで、偲びたいという気持ちもある。何より、うらたさんには、彼女が描いた漫画作品がある。偲ぶに足る、優れた作品群を残して、うらたさんは逝ってしまった。

うらたさん、さようなら。

『女子の古本屋』

昨年（二〇一八年）、筑摩書房から連絡が来て、何かと思えば『女子の古本屋』（ちくま文庫）が増刷されるという話であった。これは、と大いに驚いた。何しろ、第一刷が出たのは二〇一一年六月十日のこと。以来、一度も増刷がかからなかった。よくぞ、品切れ（事実上絶版）にされなかったものだ。しかし、聞くと、徐々にではあるが確実に注文が入り、とうとう在庫が切れたとのことである。もちろん、ありがたい話である。

編集者時代（原稿も書いていた）を含めて、ライター生活も三十年を経て、これまで出た自著を、文庫、新書、単行本と多少の重なりはあっても、背に自分の名

前がある本をカウントすれば三十冊を超えると思われる。……思われる、とは心細いが、ちゃんと数えたことがないからわからない、という意味だ。なかに増刷がかかったものもあるが、三分の二は、初版のままおしまい。そんな中、『女子の古本屋』は孝行息子（娘）で、単行本が文庫化され、息の長い著作物となった。

原稿を書くとき、新たな媒体なら、たいていプロフィールを書くことが求められる。生年、出生地、出身校、簡単な経歴とともに、決められた字数の中で自著を数冊挙げる。三冊ぐらいの場合が多いが、あまり迷わず、ジャンル別に選ぶ。つまり、古本、読書、その他のエッセイ・評論からそれぞれ一冊。その日の気分で変わったりするが、必ずと言っていいほど拾うのが『女子の古本屋』である。自分のライター生活で、この仕事が重要な役目を果たし、中仕切りの起点ともなった本だからである。

長らく男性優位というか、ほぼ独占で成立していたのが古本屋業界で、女性店主がまったくいなかったわけではないだろうが、一割に満たない数だったろうと思う。古本屋は意外に、いわゆる「３Ｋ」の肉体労働で、女性には不向きと考えられていたのだ。

そんな中、個性的な女性店主の古本屋が目立ち始めたのが二〇〇〇年に入ったあたりから。そのうちの何人かと親しくなり、また店を始めるきっかけを作ったりと、この新しい動向に注目するようになった。そんな話を、筑摩書房の編集者にしたところ、面白がってくれて、同社のPR雑誌「ちくま」で「古本屋は女に向いた職業　女性古書店主列伝」という連載が始まった。取り上げたのは十四名。人選にあまり迷いがなかったのは、あれこれ選べるほど、当時は女性古書店主が多くなかったからだ。

連載終了後、単行本化も約束されていて、私は相当張り切ってこの仕事に取り組んだ。一つの仕事が始まると、専用の取材ノートを作ることにしているが、あまりに大量にその手のノートがあり、ときどき紛れて見失ってしまうことがある。今回はそれが許されない。取材ノートが勝負なのだ。そう思って考えついたのが、書籍の体裁はしているが、中身は真っ白の「束見本」を使うことだった。「つかみほん」とは、「印刷物を製本する際に中身の厚みを確認するために試作する見本。本文用紙・装丁材をもちいて実際と同じ仕様で作成する」（日本印刷産業連合会「印刷用語集」）。

これは、本が出来てしまえば用済みで、出版社の編集部へ行けば、たいてい何冊か転がっている。筑摩書房の編集担当者に頼んで、四六判ハードカバーの、もっともよくあるタイプの束見本を一冊もらった。ここに自分で絵と文字を入れて、取材ノートに仕立てたのである（写真参照）。連載時のタイトル「古本屋は女に向いた職業」は、P・D・ジェイムズのミステリ『女には向かない職業（An Unsuitable Job for a Woman）』をもじったもので、取材ノートのタイトルも、「Unsuitable（向かない）」を「suitable（向いた）」と変えて借用した。

この束見本取材ノートのいいところは、書籍仕様になっているから、背文字を入れて、机上の目につくところへ立てかけておけば、見失うことがない。取材のたび、これを抱えて行った。いま中を開くと、びっしりと書き込みがあって、格闘の跡がある。女性の古書店主は、いきなりそうなったという人は少なく、何か別の仕事をしていて、そこで行き詰まったり、または長年の夢を実現させるために起業した人がほとんど。「やる」と決めてからは、迷いがなく、確実に突き進んで行く姿勢が、ちょっと男にはマネができないと思ったものだ。だから、彼女たちの生き方から学ぶところは多かった。

しかし、何をどう書いても、女性が古本屋を始めるまでの苦労話と始めてから、と基本的に中身は一緒である。同じような話ばかりが続くのは避けたかったが、そんな心配は話を聞いて吹き飛んだ。十人いれば十通りの過去と、店を作るにあたっての強い思いがあり、書き分ける必要などなかったのである。長く仕事をしていると、ここぞという決めどきがある。波風が起きたときには、それに乗っかるというか、勝負に賭けなければいけない瞬間がある。『女子の古本屋』は、そんなチャンスだった。

『女子の古本屋』を書くことによって、ライターとしての私の技量も鍛えられた。いかに、彼女たちの真摯な思いや、店作りの斬新さを伝えるか。一回いっかいが勝負であり、文章も構成も非常に苦心した。それだけの甲斐はあったように思う。その後、続々と女性店主の古本屋が誕生し、いまや花盛りである。その流れの端緒を『女子の古本屋』が作ったと言って、これは差し支えないと思う。事実、「『女子の古本屋』に勇気づけられて、店を始めました」という女性に、何度か出会った。

なお、単行本、文庫ともに、装画が浅生ハルミンさん、装幀が倉地亜紀子さんと同じ女性のコンビ。長らく、私の本の装幀を担当してくれているのが、『女子の古本屋』にも登場し、東見本取材ノートの表紙にも代表として似顔絵を描いた尾崎澄子さん。いま気づいたが、私の本は、けっこう「女子」寄りなのである。

牧野伊三夫邸の酒宴

大人になってからも友だちはできるものだ。子どもの時と違って、一緒にお酒が飲めるのがいいところ。何やかや理由をつけては会い、杯を傾け合っている。

私が上京して約三十年、おおよそ人生の前半分を大阪、京都、滋賀、後半分を埼玉、神奈川、東京で暮らしてきた。東西半々の時間を送って、友だちも両方に増えてきた。いまや、東の方がやや多いか。

考えてみれば、まだ数年、知り合った期間は短いものの、一緒にいる時間が飛躍的に増えたのが、画家の牧野伊三夫さん。『ここが私の東京』（扶桑社）という、さまざまな人の上京話を雑誌「エンタクシー」に連載するにあたって、毎回、挿絵を描いてくれたのが牧野さんだ。連載時は顔を合わすこともなく、本になるに至って、担当編集者が一席を設けてくれた。そこで初めて会ったのだ。

いいや、以前にも二度、某所で顔を合わせ、挨拶だけしたことがあったが、それは「会う」という感じではなく、袖擦り合った関係であった。会って話をすると、共通の友人もいて、また同じ国分寺市民だということもわかり、距離が一挙に縮まった。それに、牧野さんも九州・小倉からの上京者。牧野さんは、現在、隣りの市へ引越しているが、国分寺市時代も現在も、私の家から近い。画家といっても、アトリエに引きこもるだけではなく、さまざまな活動を通じ、やたらに顔が広い人で、また酒好き、料理好きとあって、自宅居間で酒宴がしばしば開かれる。毎回とはいかないが、けっこうな確率で「ご近所」の私も呼ばれ、参加してきた。カウントしていないが、二年で二十回とか、ほとんどレギュラーに近い。

二人を結びつけた『ここが私の東京』については、東京堂書店神保町本店のホールでトークもしたし、牧野邸に行くたび、ほかの客に「この本はいい本です。ぜったい読んで下さい」と宣伝してもらっている。ありがたい「相棒」だ。

牧野邸の酒宴は毎回、本格的で、先付けに始まり、数種の焼き物、鍋、締めとコースになっている。スーパーの出来合いのお惣菜が出てくるなんてことはまず絶対なく、どんな小さな料理でも、食材から吟味し、必ず牧野夫妻の手がかかっている。心づくしとはこのことだ。もと洋酒メーカーの宣伝部にいたこともあり、アルコールのストックもつねに怠りなく、日本酒、焼酎、ウイスキーと多種大量

七輪に錫の薬缶で湯を沸かし、徳利のお燗をする。古い日本映画のようだ。牧野さんとは小津安二郎ファンという点でも一致。「いいじゃないか」「いいですなあ」など小津ごっこに興じる。

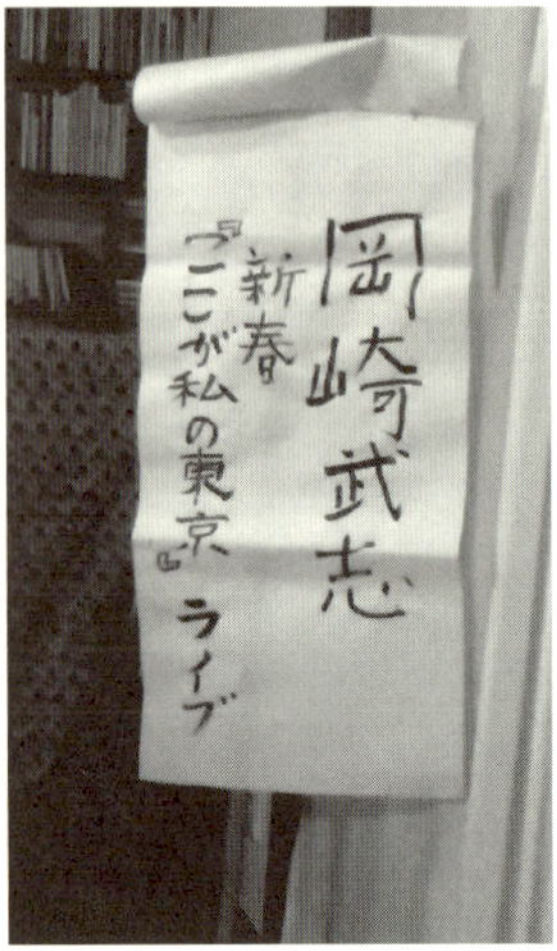

2018年1月、「牧野亭」で開かれた新年会。演し物に「めくり」が用意される懲りよう。牧野伊三夫さんの盛り上げ力を感じる。私はいつも牧野邸でギターを弾き語る。

整然と配置され、客の箸が伸びるのを待つ食卓。じつは、この低い食卓も、牧野さんの手作りである。作る過程を、私は横で何もせず、じっと見ていた。「岡崎さんは、お家で、こんなことしないですか？」「しないですねえ」。

に用意され、さながら「牧野邸」ならぬ「牧野亭」だ。

また、「牧野亭」がほかの家の酒宴と違う点は、焼き物、鍋、日本酒の燗などは、居間に置かれた七輪で炭を火力に行われることだ。見ていて初めて知ったが、炭火は扱いが難しい。種火の熾し方から、新しい炭をつぐタイミング、火力の調整と、つねに監視しなくてはならない。私も子どもの頃、七輪（練炭）を家の前の道に出して、魚を焼いていた光景を覚えている。火を熾し、守るというのは、きわめて原始的な人類の所作で、家の中で、石油やガスではない火を見つめていると、原始が呼び覚まされる気がするのだ。

いい加減酔っぱらったら、牧野邸にあるフォークギターで、何曲か私が歌を歌う。なぜか中島みゆき「ファイト」が、牧野さんのお気に入りで、必ず歌うのが恒例となってしまった。私の「ファイト」が、空いたコップや皿を前に鳴り響く頃、そろそろ「牧野亭」は閉店である。

中川フォークジャンボリー

トークとフォークライブのイベント「中川フォークジャンボリー」を二〇一五年三月に始めて、一九年三月で第二十四回目、五年目に突入する。こんなに長く続けられるとは思っていなかった。中川五郎さんをメインに、毎回ゲストを迎えて、約二時間のステージがあるフォークイベントである。ステージと言っても、もと民家だった場所をギャラリーに仕立てた「ギャラリービブリオ」が会場。その大部屋、畳敷きの広間で催されている。一部椅子席も後ろに設けてあるが、大半は畳の上

過去25回のうち、前半ぐらいまで、広告チラシのイラストを私が描いていた。左がゲスト斉藤哲夫さん、右が白崎映美さん。

の座り椅子が客席となる。
第二回の御誘いを「ブログ」で告知した文章が残っているので、以下、引用する。

岡崎武志からの御誘い
5月29日（金）夜7時開演（6時半開場）
国立「ビブリオ」で「第2回　中川フォークジャンボリー」が開催されます。高石ともや、岡林信康とともに関西フォークを作り、牽引してきた中川五郎さんが、集大成としてフォークを語り、歌うイベントです。中川さんは寝屋川高校、岡崎が守口高校と京阪沿線つながり、でもあります。岡崎武志が司会進行を務め、14畳の和室で中川五郎さんが大いに語り大いに歌います。「今だからこそ」伝えたいことがあります、とは中川さんからのメッセージ。前回も、京阪沿線の話、若き日の中川さんの話などで盛り上がりました。2回目からはゲスト登場。ブルースハープの第一人者・松田幸一さん（たとえばユーミン「雨のステイション」のハモニカ）が加わり、フォーク黎明期の話などの後に、ライブがあります。何かとお忙しいでしょうが、ぜひ足をお運びください。打ち上げも楽しみに。

始まりは、民家ギャラリー「ビブリオ」が正式にオープンする前から、私が絵画展や一人古本市を開かせてもらい、オーナーの十松《とまつ》弘樹さんと親しくなっていたところから。その「ビブリオ」に、中川五郎さんがいらしたときに私も居合わせて、国立へ引っ越して来たのだと聞いて、これはチャンスだと思った。ここでフォークライブをやってもらえませんか、と持ちかけて、やりましょうとトントン拍子に話が盛り上がり、開催の運びとなったのだった。最初の第一回は二〇一五年三月二十七日。この日だけは五郎さんがソロで。ライブの前に、私が四十〜五十分ほど、いろいろインタビューする構成も、最初から定着した。

キャパは三十席。時に立ち見も出て、キャパを上回る回もあったが、当日にはおおむね席が埋まる状態が続いている。これは、ゲストが誰であろうと、「中川フォーク」というイベントを愛し、支えてくれる常連組が、だんだん増えていったからだ。東京は、なんといってもライブハウスや歌う場所が多く、毎日のようにどこかでライブが開かれている。音楽好きである客の取り合いになることもあり、集客が難しいのだ。

マイクやPAがなく（のち、簡易なものを導入）、畳敷きの席で、生歌、生演奏で歌わなければならない。三十のキャパだから、入場料（最初二千円、のち二千五百円）の収入から、会場費と雑費を引いて、残りを五郎さんとゲストで折半するのだが、どう考えても、申しわけないほどの額しか手渡せない。そのへんの条件をのんだうえで、快く出演してくれるゲストを口説くのは五郎さんの役目となる。いろんなライブイベントなどで共演したお仲間や、知り合った若手のミュージシャンに声をかけて、承知してもらうのだ。

私の役目は告知と、当日、トークの聞き手を務めること。あと、同じ場所が終演後、打ち上げ会場になるので、買い出しと設営にも当たる。ギャラを計算して分配するのも私の役目だ。つまり、裏方全般を足掛け五年引き受けてきた。しかし、これは非常に楽しいことなのだ。フォーク小僧だった私が、若き日よりレコードで聞いてきた人たちを目の前にして話を聞き、生で歌と演奏が聞ける。仕事ではないからこそ、私もどこか客側の一人として、くつろぐことができる。

二十三回やってきた中では、思わぬトラブルもあった。たとえば二〇一七年一月二十九日のゲスト・白崎映美さんの回では、ボスの五郎さんがインフルエンザに罹患し、会場に来られなかった。話をいつもより長めに聞いて、白崎さんとサポート隊（向島ゆり子、山福朱実、末森樹）には、たっぷり歌ってもらうことで、なんとかこの回をしのいだ。二〇一八年七月六日の回は、待ちに待った大塚まさじさんをゲストに迎える予定であったが、西日本豪雨のため、すべての交通網がストップし、欠席となった。オーナーの十松さんが、この日予約されたお客さんすべてに、事情を説明し、キャンセルされても仕方ない態勢でいたが、結果は、ほとんどの予約客の方々が、それでも行きますと言って下さり、この回も盛り上がったのだ（私もギターで歌ったりした）。

思い出を書き連ねていくととめどもない。このイベントが、五十代末から六十代にかけて、私の大きな張り合いになっていることは確かで、執筆という仕事が孤独なだけに、どこか、外へ出て、人と一緒に何かをやるというのは、大切なことのように思う。

歳を取って、その気持ちはどんどん強くなってくるのだ。

四角佳子さんと一緒に

二〇一八年四月二十八日、第十八回「中川フォークジャンボリー」はゲストに四角佳子《よすみけいこ》さんを迎え、トークとライブを無事終える。ボスの五郎さんも私も大阪、おけいさんも岸和田出身ということで、ついついうちとけてトークをしてしまう。

おけいさん、私より五歳上だからン歳になるはずだが、「私、何歳に見えますか？」「ええっ！」という美肌化粧品のCMに出られるぐらい実年齢より若い。ネット情報で、おけいさんが布団屋の娘と聞いて、そう話したら、布団屋はうちの前にあって、うちは洋服屋でした、とのこと。岸和田で洋服屋と言えば、「カーネーション」（NHK朝ドラ／二〇一一年）そのものじゃないですか、と言うと、「コシノ家とは往き来があったんですよ」と言うではないか。

洋服屋の娘はバレリーナに憧れ、西野バレエ団に入団するも、金井克子、由美かおるはじめ、芸能プロダクション的役割も果たしており、最初「レ・ガールズ」

に参加、のちフォークシンガー志麻ゆきとして売り出された。バレエ団を辞めて実家へ戻っていた時期もある。このフォークシンガー（千賀かほる、本田路津子のライン）時代に、レッスンを受けていたのが小室等。のち、おけいさんが六文銭へ参加する、これがきっかけとなった……などの話を聞き出す。

おけいさんと言えば、吉田拓郎の元嫁で、そのことに触れないわけにはいかない。事前に控え室で、「拓郎さんのこと、聞いてだいじょうぶですか？」とおそるおそる訊ねると、「あ、だいじょうぶですよ」と言ってくれたので、出逢いのいきさつなども本番で聞いた。これは内緒。からっと話して下さったが、考えたら離婚したのが一九七五年。四十年以上も前の話だ。現在は新「六文銭」に加入し、ソロでも歌ってらっしゃる。いろいろ聞いて、失礼がなかったか、心配なり。もとベルウッドの名ディレクターで、六文銭のＬＰも担当した三浦光紀《こうき》さんも客席にいた。三浦さんには、中川フォーク第六回で、「高田渡の夜」という追悼企画を組んだとき、高田烈《いさお》、驍《たけし》という渡のご兄弟とともに出演していただいた。これも楽しい一夜となる。

なんといってもおけいさんの回では、「春の風が吹いていたら」の拓郎パートを、みなさんとご一緒に合唱できたのが、望外の幸せだった。これはアルバム「伽草

中川フォークジャンボリーが
行われる、国立の「ギャラリー
ビブリオ」。

左から四角佳子さん、浦野茂さん、三浦光紀さん、中
川五郎さん。

子」に収録された一曲で、拓郎とおけいさんがデュエットする唯一の歌なのだ。おけいさんに続き、「雨だれの音聞いてたら……」と拓郎のパートを私も一緒に歌ったとき、めまいがしそうなほどのぼせ上がった。こんな日が来ることを、夢中になって聞いていた高校時代の自分に教えてやりたい。「おまえは将来、『春の風が吹いていたら』を、おけいさんと一緒に歌うことになるよ」と。まあ、高校生の私は、言われても信じないだろうな。

調子に乗って、ラストの「出発《たびだち》の歌」で、「上條（恒彦）さんがいらっしゃってます」の声に、ステージに上がって、ギターを持って、一緒に歌ってしまう。あとで、常連さんに「おかざきさん、今日は、いつもよりテンション高かったですね」と言われてしまう。そうなのよ、そうなのよ。うれしいとねえ、メガネが落ちるのよ。こういう機会を与えてくれた五郎さんにも感謝だ。

第三章

歩けばみるみる見えてくる

散歩学入門

丸谷才一が池波正太郎『散歩のとき何か食べたくなって』（新潮文庫）の書評で、こう書いている。

「小説家といふ商売は座つたきりだから、運動不足になりがちだ。せつせと散歩する必要がある。散歩に励んでゐれば足腰も衰へないし、世間に対する好奇心も若い者に劣らず、いいことづくめなのだ」

「散歩」とは、なんと響きのいい、含蓄のある言葉であろうか。「歩く」は意味はそのままだが、そこに「散」という文字をドッキングさせたところが素晴らしい。『広辞苑』（第三版）を引くと、「散」は、「ちること。ちらばること。ちらすこと」を第一義に「解散」「発散」「散乱」の語を作り、「ほしいままで、きまりのないさま。気まま。ひま」の意味で「散文」「散漫」「散歩」「閑散」などの用例がある。あまりいい意味では使われないことが多いようだ。

しかし、人間は放っておくと、凝り固まっていく動物である。「集中」はいい意味で使われるが、「集中」が続けば疲れる。もっと続けば、人間は壊れてしまうだろう。どこかで、凝り固まったものをほぐし、柔軟にし、適当に「散」らしてやる必要がある。

「散歩」は絶好の治療法で、歩けば五臓六腑と脳に血と酸素が送られ、心は自然と快癒の方向へ向かう。

そのためには、あまり確乎たる目的を持たない方がいいだろう。足腰を鍛える、今日は一万歩以上歩くなど、結果的にそうなるのはいいが、あまり力こぶを入れて、真面目に歩くのはどうだろうか。とかく日本人はそうなりがちである。成果を求めて数値化するのは、散歩に関しては愚の骨頂である。せっかくの「散」の文字が、意味をなさなくなってくる。

そう言いながら、私が町を積極的に散策するようになったのは、かなり遅い。二十代、かなり長い間、京都に住んでいたが、あてもなく町をぶらつくということはほとんどなかった。任意の一点から、次の一点への移動は必要があってのことで、気まぐれに途中から寄り道するようなこともなかったのである。

一つには、原付（50ＣＣバイク）に乗っていたせいもある。京都は市バス路線が網の目のように張り巡らされ、便利ではあるが、移動ルートと時間に制約がある。またがってエンジンをかければ、四方八方自在に移動できる原付は、京都のようなのっぺりした平面の町を移動するには、まことに便利であった。燃費も低く、10リッター補給すれば、かなりの距離を走れた。

最初は、ソフィア・ローレンのＣＭで話題になった「ラッタッタ」（正式名称は「ロードパル」）、次にスクーターの「ジョグ」に乗り換え、その後は何だったか。東京へ来るまでの十年ほどの間に、三台は乗り換えたと思う。雨の日も風の日も、基本、移動は原付で、ほっつき歩くことは少なくなった。

東京へ来てからも、関西時代から乗っていたスクーターをそのまましばらく使っていた。上京当時、埼玉県戸田市に住んでいたが、高円寺（杉並区）の古書会館で開かれる古本市などにも、これで向かっていた。いまルート検索できるサイトで調べたら、約十六キロの距離である。電車を使えば、駅まで十五分ほど歩いて、埼京線で新宿へ出て、そこから中央線に乗り換えることになる。現在の運賃が三九〇円（往復七八〇円）。これが当時いくらだったか。上京して数ヶ月は無職だったから、これが痛かった。

同じく中央線の西荻窪の住宅街にある一軒で、関わっていた詩の雑誌「飾粽《かざりちまき》」の編集会議が定期的に行われていたが、そこへもスクーターだ。この場合も、点から点への最短距離の移動が精一杯で、寄り道したような記憶はない。駅からの歩きはなく、ドアツードアで、歩くと損するぐらいの気分だったのだ。「散歩」の気分は遠かった。

三十六歳という遅い結婚をして、それでもまだ、原付を手放さず乗り回していたが、次第に故障がちになり（パンクもよくした。タイヤが擦り減っていたのであろう）、力尽きた。そこでスクーター生活は打ち止め。歩きか自転車が近辺の移動手段となった。

それでもまだ「散歩」する意識は芽生えていない。意識して、あちこちほっつき歩くようになったのは、別項で詳述する「坂巡り」の楽しみを知ってから。あと、もう一つが「古本屋巡り」およびそれに付随する「文学散歩」である。

坂の町「東京」を縦横に巡ること、作家所縁の地や、文学作品に登場するエリアを訪ねて歩くことが、五十代くらいから、がぜん面白くなってきた。そこに、古本屋、喫茶店、銭湯、洋食店、立ち食いそば屋など立ち寄り場所を加えることで、行く動機にはずみがついて来る。「東京」と名のつく本やガイドブックが、みるみるまに増えてきて、ネット上の検索を含め、日夜、次はどこへ行こうかと思案し、計画を練る。

フリーライターという、わりあい時間に余裕のある仕事をしていることの強みで、前夜思い付いたコースを、もう次の日、踏破するようなせっかちな散歩もできる。基本は「徒歩」だから、お金もあんまりかからない。初めて会った人に、どこに住んでいるか、最寄駅はどこか聞いたとき、「ああ、○○駅なら、商店街があって、○○書店という文芸書に強い古本屋がある。どこそこの角を曲がると銭湯があって、黒い湯でいいですよね」などと、話ができるようにもなった。

東京生まれで東京育ちの人は、東京に住んでいることが当たり前だから、かえって、ほかの町をほっつき歩くということをしないものだ。山手線を中心として、東と西に分けた場合、西に住む人は意外に東を知らない。墨田区両国の老夫婦がリタイア後に始めた小さな画廊で、私の挿絵展を開いたことがあり、何度かお二人と酒席を共にした。根っからの下町育ちのお二人に、東京西側の国分寺に住んでいると告げると、「行ったことないなあ。一泊しないと行けない感じですね」と言うので驚いた。半ば冗談にしても、かつてのベルリンのように、東京の東西には見えない壁のようなものがあるらしい。

一九九〇年の上京者である私は、逆に、そんな壁はない。もちろん西側住人としては、東へ行くときは遠く感じるが、一時間半あれば、たいていのところへは行ける。また、知らない町が楽しいのだ。

上京者として、よそ者感覚を払拭できないまま、自分からあれこれ調べて、東京を歩き回ることで、だんだん東京は私になじんでいったのである。東京に住みながら、いつも東京へ向かって歩いて行く気分なのである。

西武新宿線「上井草」駅附近。

坂を巡れば文学も人生もわかる

私は三十過ぎまで、大阪、京都、しばらく滋賀に住んでいた。これは長く住んだ順である。

三十二歳にして（すぐ三十三歳）上京してきたわけだが、東京に住み始めて、関西といろいろな違いがあることに気づく。立ち食いそばの汁の色が黒い、エスカレーターで止まって乗るのが関西は右寄り、東京は左寄りなど、これはよく言われるところ。もちろん言葉も違う。

関東勢優勢の新年会が開かれ、私がいちばん歳上で、知らない人が多かったから、「自己紹介をして下さい。今年の抱負も」と注文を出したことがある。三番目ぐらいに私に回ってきて、「今年の抱負」のところで、ある居酒屋で食べた肉豆腐がおいしかった、という話をした。かつお出汁仕立てで、豆腐のほか春菊と牛肉、しらたきが入っている。「この豆腐料理を今年は再現したい」と話を切ったら、「ほほう（そんなにおいしかったですか）」みたいな反応でがっかりしたことがある。つまり、これが大阪なら、「肉豆腐」の説明をし始め「豆腐」の時点で、一斉に「いや、それは抱負やなくて、豆腐やろ」と方々から突っ込みが入るところだ。間違いない。私もそれを意識して喋った。「今年の抱負」を語るのに「肉豆腐」うんぬんはありえないだろう、ということだ。笑いのセンサーが、関西と関東ではずいぶん違う。

もっと最大の違いに、意識的になるのは、ずいぶんあとのことだった。それは坂の多さであった。いや、坂が多いなあとは、ぼんやりと思っていた。上京して、最初に職を得たのが、新宿区片町にあった都営新宿線「曙橋《あけぼの》」駅近くの出版社で、ここは四方がいきなり傾斜のある谷底になっていた。編集部のあるマンションは市谷《いちがや》の警視庁第五機動隊の敷地を背にし、目の前が「合羽坂」という立地だ。

月刊誌を発行していたので、見本誌や定期購読者に本誌を送る際、封筒に宛名を貼って、数百冊を台車に乗せて、新五段坂を上ったところにある郵便局まで運んでいた。これが重労働で、積み上がった雑誌を手で押さえながらの運搬となる。ときどき崩れて、坂の上に散らばった。昼飯や夜、呑みに行くのが南側の四谷荒木町。これも上り坂の外苑東通り、および「津の守坂」。

たとえば大阪なら上町《うえまち》台地附近に坂はあるものの、全体にはのっぺりした地形である。天王寺から南、堺方面へ延びる路面電車「阪堺《はんかい》電軌」（ちんちん電車）に乗ればわかるが、多少の傾斜を作りつつ、どこまでも平面が続く印象である。京都の場合は、北へ向けて緩やかな傾斜にはなっているが、板を少し傾けたぐらいの高低差で、住所表示は「上ル」「下ル」となっても、上ったり下ったり「ああ、しんど」と思った経験はない。

関西で言えば、神戸が海を背に、六甲山地が聳え、坂だらけの街だと言えるが、すべて山へ向けての一方向である。これは尾道、長崎、函館など坂の街と呼ばれる都市でも、おおむね事情は同じ。こと、東京について言えば、まったく「坂」の事情が違ってくる。同じ「坂だらけ」であっても、なんというか、もっと地形が複雑で、言わば凸凹だらけの街だと言っていい。いくつも台地が、東京湾方向へ向かって手を伸ばし、いたるところに山と谷を作る。しかも、折れ曲がり、ひね曲がり、からみあった糸のように、坂は奔放に台地にへばりついている。これだけは、いくら東京の都市区分地図を眺めていてもわからない。実地に歩いて体験して身に沁みる事実なのである。

同じ関西出身の上京者である梶井基次郎が、東京へ出てきて、この坂の多さに音を上げている。というのも、梶井は若き日より重篤な結核患者で、健常者より、坂の上り下りが体にこたえるのである。ほんのわずかな傾斜も、肺を病み、呼吸のしづらい梶井には感受できる。そのことを、「水準器」に例えた文章が「冬の日」にある。私の意識に「坂」が根付いたのは、梶井の文章による。私は梶井で文学に目覚めたが、「坂」についても心の師と言っていい。

東京中心部は、山手線および地下鉄が発達し、電車で移動する分には、さほど坂の多さは気にならないだろう。ところが、歩き、あるいは自転車を使うとなると、ひんぱんに続く上りは苦行となるはずだ。坂の多さを喜ぶ住人は少ない。ところが、私はある日、坂に目覚めた。坂だけ選んで、東京中を散歩するという酔狂極まりない趣味を得たのである。

そのきっかけは、わりとはっきりしている。朝六時半からＴＢＳラジオで放送される「森本毅郎スタンバイ！」という番組に、隔週レギュラーで新刊紹介のコーナーに出演することになり、七、八年続いたか。早朝の番組なので、朝は自宅までＴＢＳが契約する黒塗りのハイヤーが迎えに来る。帰りは、また同じ車に乗り、首都高で東京西郊の街まで帰って行く。このハイヤーは丸一日借り上げという契約だったので、ときに都心で用事がある際は、そこまで送ってもらうこともあった。すぐ済む用事なら、ちょっと待ってもらって、再び乗車し、家まで。これはじつにいい気分であった。

いまは光文社知恵の森文庫に収録されている読書論『読書の腕前』の元本は、同じ光文社の新書であったが、これが同社とのつき合いの始まりで、以後、『蔵書の苦しみ』『読書で見つけた　こころに効く「名言・名セリフ」』など、あまり時を置かず、本を作ってもらった。

その最初、『読書の腕前』（二〇〇七年刊）を光文社新書で書き下ろしをし、その最終段階でのゲラの受け渡しの際だったと思うが、やはりラジオ出演を終えたのち、ハイヤーで文京区音羽一丁目、音羽通り沿いにある同社を訪ねた。朝九時とか、早い時間だったと思う。一時間ぐらいで打ち合わせが済んで、普通なら、音羽通りの地下を走る「有楽町線」の「護国寺」駅から、飯田橋へ出て、東西線もしくは中央線で帰宅するというのが、通常のコースである。

ところが、この日はまだ午前の十時ぐらいだったか、一日の大半を余していて、どこか寄り道して帰るかと考えた、と思って下さい。これまた、あとで詳しく紹介するが、私は都心に出る際、いつも携帯する地図帳に『東京　山手・下町散歩』

（昭文社）がある（以後『山手下町』と表記）。地図上の一センチが百メートルという詳細な地図で、ほとんどこれに頼って、東京を動いていた。この日も、「早稲田」というタイトルで区分された見開きページを凝視していた。ほぼ中央近くに「光文社」がある。護国寺駅から地下鉄に乗るにしても、四百メートル近く歩かねばならない。音羽通りの坂を七百メートル下れば、次の「江戸川橋」駅に着く。

このときは、それでも最初は地下鉄移動しか考えていない。音羽通りを谷底にして、東が大塚、小日向の台地で、ここはかつて「久世山」と呼ばれた（と、そう『山手下町』に書いてある）。西が、江戸川橋あたりを岬に見立てれば、三角に突き出た目白台地を形成している。私はそこで地図を睨みながらハタと気づいた。同じ歩くにしても、音羽通りをおとなしく下るのではなく、西側へ脇にそれ、目白台地を上って行けば、今度は南へ、長い坂を下って神田川へ、もっと行けば早稲田へ出られるじゃないか、ということを発見したのである。大げさに言えば、これは私にとっての「革命」であった。「行け、行け」と、すぐに脳が体に通達した。怒濤の坂巡りの日々がこのときから始まったのである。

この日のルートが『山手下町』に、マーカーでなぞってある。まずは光文社前の信号を渡り、西へ路地を入って行く。頭上に首都高五号線の高架があり、これを潜ると、坂上りが始まる。どんつきが「桂林寺」、これを南へ折れ、すぐまた西へ曲がって行く。この坂が「鉄砲坂」。『山手下町』によれば、少し行けば「長谷川平蔵の私邸」（がかつてあった場所）へ出る。ただし「現在は閑静な住宅街」。その先が目白台二丁目の交差点。ここが台地の上だ。そこから南側に椿山荘のある宏大な斜面が広がる。この目白台地の南斜面には、いくつもの名づけられた坂がある。私は「胸突坂」（上る際、膝が胸を突くほどの急坂）を選んで、崖下へ石段を転がり落ちるように下って行った。

あとで気づいたのだが、この「胸突坂」の上り切った西側に「和敬塾」という、地方出身の大学生を収容する寮があり、一時期、早稲田大学へ入学したばかりの村上春樹が暮らしていた。『ノルウェイの森』でも主人公トオルが、この和敬塾をモデルとした寮にいる設定になっていた。坂を下り終えたら、目の前に流れるのが神田川（「窓の下には～♪」）。駒塚橋を渡り、路地を抜けると新目白通りが東西を区切り、リーガロイヤルホテルの脇の道を進むと、もう早稲田大学が広い地所を占める。広く言えば早稲田界隈となる。早稲田通りに出れば、すぐのところに東西線「早稲田」駅。光文社から早稲田まで、全行程の距離はせいぜい一キロ半ぐらいか。時間にして約二十分。振り返れば、大したことないが、このときは、一つ冒険をやりとげたぐらいの達成感があった。金をかけずに、こんな面白いことがあるのかと、晴れ晴れとした気持ちになったのである。人間、どこにどんな楽しみが転がっているかわからない。

さあそれから、坂の名前がほとんど記載してある『山手下町』を絶対的テキストにして、今日も坂、坂、明日も坂の人生が始まったのであった。

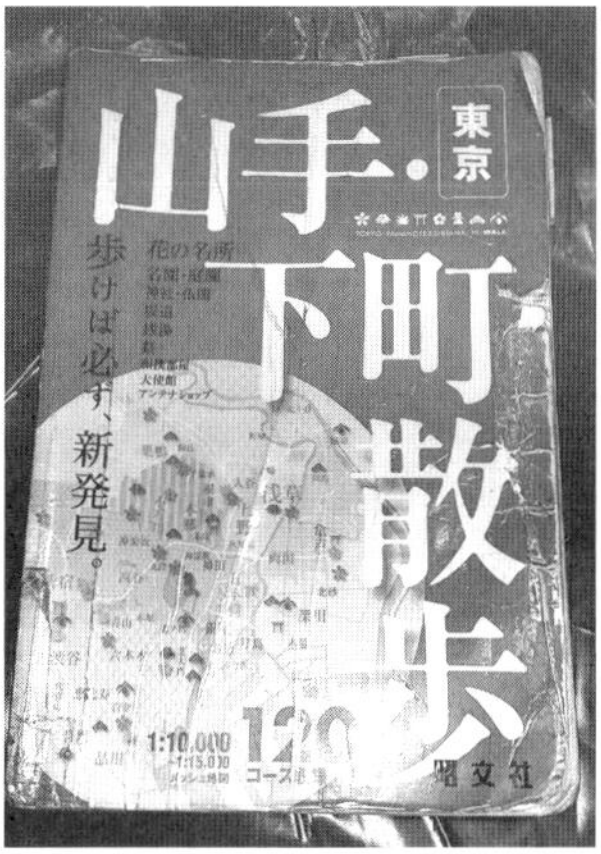

上が酷使しボロボロになった2007年版。下が1999年版。数年ごとに改訂新版が出る。

「年末の一日」を歩く

どんなことからでも、東京を歩く理由は出てくる、という話をしたい。

芥川龍之介に「年末の一日」という地味な短編がある。一九二六年一月号「新潮」に発表された。芥川は一九二七年に自殺しているから、晩年の作。当時、現在の北区田端に住んでいた。田端駅南側に、芥川龍之介旧居跡の案内板がある。田端が大勢の作家や詩人が住む「田端文士村」と呼ばれるようになった、そのきっかけを作ったのが芥川だった。そのあたりのことは、田端駅前の「田端文士村記念館」を訪れるとよくわかる。

ここで取り上げたいのは、「年末の一日」。ほぼ随筆に近い短編で、「羅生門」「鼻」「トロッコ」「蜜柑」「河童」などの代表作に比べて、ほとんど言及されることはない（と思う）。ここに、芥川が長らく住みながら、あまり作品化されることがなかった田端のことが描かれている。田端と芥川の地縁を考えるとき、田端を文学散歩するとき、まずは見逃せない作品だ。

こんな話なのだ。芥川の家をKという新聞記者が訪ねて来た。夏目漱石の愛読者であるKに、前から墓詣でをする約束をしていた。動坂から護国寺前行きの市電に乗る。終電で降り、「雑司ヶ谷」の墓地を二人は漱石の墓を探して歩く。しかし、案内役の芥川が、かんじんの墓を見つけられず、面目を失ってしまう。けっきょく、人に聞いて、ようやく墓詣でを済ませ、また市電に乗る。芥川のみ「富士前」停留所で降り、東洋文庫にいる友人を訪ねる。その後、歩いて八幡坂の下まで来たとき、坂下で箱車を引いた男が、楫《かじ》（梶）棒に手をかけ休んでいるのを見る。男に声をかけ、芥川は、車を後ろから押して坂を上っていく。それだけの話だ。

ここに出てきた「動坂」「雑司ヶ谷墓地」「富士前」「東洋文庫」「八幡坂」などは、じつは現在でも行けば足の裏と目で確かめられる場所、地名なのである。田端文学散歩は、まずこの「年末の一日」から始めるとよい。実際、私はこの短編をもとに、何度か田端を歩いてみた。芥川の時代は市電だが、のちの都電も廃止となり、同じコースを走っているバスを使って上富士前（「年末の一日」では富士前停留所）で降り、東洋文庫と六義園《りくぎえん》を訪ねたこともある。近年、東洋文庫近くに

「BOOKS青いカバ」という古本屋もできた。別個に、漱石の墓がある雑司ヶ谷霊園も踏破済みだ。

日暮里、西日暮里、田端と、山手線は段丘の上を走っており、動坂下まで斜面になっている。海外旅行者を含め、観光客がぞろぞろ歩く集客ポイントもなく、地元の人の静かに暮らす住宅街が坂と路地に区切られながら広がっている。田端一～五丁目あたり、まことに散策しやすい。飲食店やコンビニも、田端切り通しの通り、段丘の上、馬の背になった田端高台通りに集中している。この田端高台通りに「浅野屋」という蕎麦屋がある。大正五年の創業で、まだ飲食店の少なかった田端において、芥川も通った老舗である。かつて、その斜め向いに「石川書店」という小ぶりながら、良書を揃えた、じつにいい、町の古本屋さんがあったが、閉店してしまった。

ところで田端駅と言えば、駅ビルのある北口を利用するのを当然と考えている人も多いだろうが、南口がおすすめである。ホーム端の階段から跨線橋を使い、南口改札を出ると、駅舎は小さな木造で無人である。どこか、鄙びた田舎の駅舎を思わせるたたずまいは、ちょっと秘境駅っぽい。石段を上れば、芥川旧居跡もこちらからの方が近い。すぐ脇の切り通しも一見の価値あり。これはあまりの急坂に難儀して、昭和八年、人工的に掘削して作られた通りである。だから芥川はこの切り通しを見ていない。V字に切れ込んだ崖の上に立つと、ちょっと目が眩むほどだ。駅北口側にある田端文士村記念館は入館料無料で、三十分もあれば、ざっとひとわたり見て回れる。芥川邸を復元した立体模型はよくできていて見惚れる。文士村のガイドマップももらえるから、まずは立ち寄るべし。

芥川が田端（当時は東京府北豊島郡滝野川町字田端）に越してきたのは一九一四年。まだ東京帝国大学へ通う大学生で、翻訳など発表するものの、創作に手を染めていない。一九一五年に「ひょっとこ」「羅生門」を「帝国文学」に発表し、新進作家としてスタートを切った。漱石「木曜会」の末席に連なるのもこの年だ。室生犀星、菊池寛、堀辰雄と、芥川が吸引した田端文士村についての詳しい解説は、文士村記念館にまかせて、「年末の一日」に話を戻す。その末尾。

「北風は長い坂の上から時々まっ直《すぐ》に吹き下ろして来た。墓地の樹木もその度にさあっと葉の落ちた梢を鳴らした。僕はこう言う薄暗がりの中に妙な興奮を感じながら、まるで僕自身と闘うように一心に箱車を押しつづけて行った。………」

この坂が八幡坂。墓地とは八幡坂西側にある大龍寺。正岡子規はここに眠っている。先に要約した際、このシーンに触れ、わざと書かなかったが、芥川が坂下から後ろを押して助けた箱車（のちのリヤカーみたいなものか）には「東京胞衣会社」と書かれてあった。「胞衣」は「えな」と読む。「多少押してやるのに穢《きたな》い気もしたのに違いなかった」と芥川は書いている。ただの箱車ではなかった。新潮文庫の巻末解説の当該個所を読むと、「東京胞衣会社」は「出産のとき排泄される胎児を包んでいた膜や胎盤（胞衣）の処理をした会社。むやみに捨てることは禁じられ、専門の処理会社があった」というのだ。それでようやく、「穢い気もした」の意味がわかってくる。私はこのとき、まったく無知だった人生の一断片に触れたような気がした。そのようなことが行われているとは、まったく知らなかったのである。

そう言われてみれば、出産の際に胎児と一緒に排泄される子宮内の「膜や胎盤」を、まさか生ゴミとして処理するわけにはいかないだろう。神聖な肉体の一部として、それ相応の対処が必要だ。しかし、専門の業者がいるとは気づかなかった。そして現在も、荒川区荒川八丁目、三河島水再生センターと荒川自然公園に一角を接するかたちで「大正胞衣社」という会社がある。私にとっては、芥川の短編から始まった、思いがけない発見であった。

本駒込５丁目の駒込富士神社に富士塚がある。田端散歩のついでに寄りたい。

思案に暮れたら高いところへ上れ

私はこれまで、東京タワー、スカイツリーに上ったことはない。いずれも、ただ高いところへ上るだけなのに料金は高額。しかも非常に混雑している。あれは、遠く、もしくは下から眺めるもので、上るのは観光客にまかせた、という気分である。富士山も同じ。スカイツリーなどは、日時指定して、展望デッキのさらに上の回廊へ行くのに、総計三千六百円もかかる。それだけ払うなら、私なら「うな重」を食う。もちろん、日常にあって四百五十メートルは破格の高さで、その眺望を手に入れるのに三千六百円を払うのは高くない、という人はどんどん上ればいい。それを手を広げて制止するほど、私は偏屈ではない。

四百五十メートルとはいかなくても、そこそこの高さで眺望が開け、しかも無料で、空いていて、手続きなしで気軽に上れる施設が都内にはいくらでもある。私が最初に、「高いところへ上る」ことを意識したのが八王子駅北口「東急スクエア」。十一階スカイラウンジ「クレア」からは、天気がいいと富士山がよく見える。オムライスを食べて、食後にコーヒーを頼んでも、千円ちょっとである。私が利用する最寄り駅から八王子駅までは十五分ぐらい。一度、冬の晴れた日、わざわざ富士山を眺めるため、「東急スクエア」まで出かけたことがある。安上がりの高所観光だ。

　それから、高いところへ上ることを意識し始めた。ふだんは、ほとんど地べたを這いずりまわっている。視線は低く、遠望はたいてい建物が邪魔している。視線が滞留すれば、気持ちもまた、だんだん強張っていくだろう。ときどき、思い切って地上から視線をはがして、上へ上へ持っていくのはいいことだ。

　私が何度も繰り返し読む漫画に『ケイの凄春』（小島剛夕画・小池一夫原作）がある。主人公のケイ（証刑一郎《あかしけいいちろう》）は、武士を捨て、許嫁の可憐を捜して放浪の旅に出る。そこで行き交う人たちの温かい交流を描くロマン長編。教養小説の趣きがあり、私は読むたび号泣する。第三十六話「伝兵衛にぎり」で、ケイが可憐の消息を尋ね、信濃路から奥信濃の稜線沿いに足を踏み入れていくシーンがある。そこで、著者はナレーションで「ケイは、途方にくれていた。思案に余ったときは高い所へ上れと言う」と書く。低い所をさまよっても、次の展開は得られない。高所に立って、ものを見よということだろう。

古来「バカと煙は高い所へ上がる」と、高所に立つことを戒めたが、これはたとえば屋根に上ると、足をすべらして落ち、怪我をすることなどへの実利的なことわざだと思う。高い所へ上らないとわからないこともあるのだ。

ちょっと調べてみると、「新宿都庁」「恵比寿ガーデンプレイス」「カレッタ汐留」「キャロットタワー」などが、無料で利用できて、そこそこの眺望を得られるスポットのようだ。私が利用した中では、「文京シビックセンター展望ラウンジ」がおすすめだ。ＪＲもしくは地下鉄の「後楽園」、「春日」両駅に、ほぼ隣接しており、アクセスがいいのが第一の利点。文京区本庁舎を内蔵しており、中央エレベーターから二十五階まで上れば、そこが展望台である。途中、ガラス越しに、各階で忙しく働く職員たちの姿も見える。ごくろうさまです。南側を除き、ぐるり展望が利き、東にスカイツリー、西に富士山、北に筑波山などを遠く拝むことができる。

遠いところを見るのもいいが、眼下に低く、小石川植物園、東京大学を見下ろす眺めもいい。江戸から明治へ、日本近代史を足元に従え、勇壮な気分になる。高い所へ上る利点は、ただ、地上にいては見えない遠くを眺めるだけではない。見下ろせば、地上を歩いている人が豆粒のように見える。さっきまで、自分が地上を歩いているときは、一緒にそこを歩く人は、それぞれの実質を持ち、表情があり、細かい動きがあったが、それらは百メートル近い高さから見れば、点にしか見えない。

怒ったり、うらやんだり、恨んだりする人間が、遙か地上で存在を失い、じつに微かでちっぽけに見える。一瞬ではあるが、そうした認識は、いくら本を読んでも知識だけからは得られない。固定しがち(その方が楽ということもある)な視点に、揺さぶりをかけることができるのだ。それを必要としているかしていないかは問題ではない。現実的に、そういうことがあると知るのが大切だ。

それほどの俯瞰的視点を得られなくても、屋上に上がるというのもいい。

最近上ったのでは、山手線「池袋」駅東口にある西武百貨店九階の屋上庭園がよかった。二〇一五年四月にオープン。それまでは、たぶんありきたりなフードコートと、子ども向けの遊具があるだけだったのだろう。それを「食と緑の空中庭園」というコンセプトで、画期的な百貨店の屋上フロアを現出させた。和洋中の飲食店があるというが、これは私にとって関心外。昔からあったという手打ちうどんの店「かるかや」がそのまま残されて、かなりうまいうどんが提供されている。

特筆すべきは、屋上フロアのいちばん奥に造られた「睡蓮の庭」だ。睡蓮の浮いた池があり、その周囲を季節の花々が取り囲んでいる。これは印象派の巨匠クロード・モネが晩年を送った、フランス郊外の農村ジヴェルニーの邸を取り囲む「睡蓮の庭」を、小さく模したものだ。私は草花に詳しくないが、多種の花々が、じつにこまめに手入れされて、池の周縁を飾っている。中央には、小さな橋も架けられていて、ちょっとしたモネ気分が味わえるのだ。さらにその奥には、小さな神社もある。和洋混淆の不思議な空間である。

池を巡り、フードコートに戻り、「かるかや」で注文したうどんを食べながら、小一時間、ボーッとする。私が行った秋の日の平日昼間は、心配になるほどガラガラであった。あんまり流行って、いつ行っても混雑するのは困りものだが、もっと注目されていい場所である。

自分を脅かさず、くつろげる。そんな心地よい居場所を、少しでも多く見つける。六十歳を過ぎてから、それが大事なテーマになってきた。

文京シビックセンター展望ラウンジからの眺め。
東京スカイツリーがよく見える。

二〇一九年一月十一日(金)晴

正月からずっと穏やかな晴れの日が続く。風の強い日もあるが、おおむね雲もない蒼空の日々である。

午後一時半に目的地到着を目ざして、午前から動き出す。駅前駐輪場に自転車を止め(自分の自転車がすぐわかるよう、後輪の泥よけにOKATAKEと書く)、駅反対側の「王将」で、餃子定食。餃子二人前にごはん、スープ、キムチがつく。関西出身のソウルフードともいうべき「王将」の餃子を、ときどき、無性に食べたくなる。血が欲する、という感じか。七百五十六円。

本日二時から、ハクジュホールで青柳いづみこさん監修・演奏のドヴィッシーコンサートがある。私はクラシック音楽について、ほとんど門外漢で、ストランヴィンスキー、グールドのバッハ、武満(徹)を聴くぐらい。ピアニストで著述家の青柳さんとは、長く淡いおつき合いをさせていただいていて、ときどき招待を受け、時間が合えばコンサートへ馳せ参じる。

「ハクジュホール」は、医療機器および健康食品の開発・製造・販売をするメーカー「白寿生科学研究所」が運営する音楽ホールで、本社ビルの七階にある。最寄り駅は千代田線「代々木公園」および小田急線「代々木八幡」。私は、某紙で「試写室」というテレビ番組を紹介するコラムを担当していて、渋谷区神南《じんなん》の「NHK放送センター」へよく赴く。民放は、録画したDVDを用意するのだが、NHKはそれをせず、試写を開くから見に来いと言うのだ。同時に、出演者、演出、プロデューサーなどによる記者会見も開かれる。

この仕事を始めて四年ぐらいになると思うが、当初は原宿駅から十五分ほど歩いて、センターへ向かっていた。渋谷からセンター行きのバスに乗るのが常套だが、渋谷はなるべく寄り付きたくない街である。原宿から、代々木体育館の脇を抜け、斜めに折れ込んでいく道があり、こちらを歩く。ずっと下り坂である。丹下健三設計の代々木第一体育館を見るのが好きなのだ。

かつて、子どもの頃見ていたアニメ「わんぱく探偵団」（一九六八年）で、小林少年率いる探偵団の集合場所が、この代々木体育館であった。当時、大阪の少年だった私に、この鶴が羽を収めたようなフォルムですっくと建つ建築が、いかなるものかわかっていなかったが、上京して初めて現物を見て、感激したのだった。

少しして、じつは新宿から小田急小田原線に乗り換え（駅構内に乗り換え口あり）、五分で代々木八幡駅に着くことを知る。ここからNHK放送センターまで、直線で七百メートルぐらいだから、原宿駅から行くより近い。そのことに気づいてから、こっちのルートを使うようになる。代々木体育館は、もう十分に見た。

NHK放送センターには東と西に二つ、入り口があり、試写室へのアプローチが近いということで、もっぱら西門から入る。帰りは、この西門から出て目の前、井の頭通りにバス停があり、なんと中央線「阿佐ヶ谷」駅まで長距離を走るバスの便がある。しかも一時間に五本とか、ひんぱんにある。

細かい話をすれば、十五分かけて原宿駅へ戻り、山手線、中央線と乗り換えて、自宅最寄り駅「国立」までは、歩きを含めて約一時間。運賃は五百二十円。バスを使うと、阿佐ヶ谷駅まで二百五十円で、中央線「国立駅」までが三百十円。ちょっと高くつくし、時間も途中渋滞があると一時間ぐらいかかってしまう。それでも、こちらを使うのは、楽に移動ができるのと、あと、往きとは気分を変えたいというのもある。

この「渋66」バスのコースは以下のとおり。放送センターを出て富ヶ谷から井の頭通りを北上、初台（オペラシティ）でＶ字に右折、首都高四号の高架下を西へ走る。大原交差点で環七をつかまえて、ひたすら北上し、青梅街道にぶつかったところで西へ切れ込む。地下鉄丸ノ内線の上を走るかたちで杉並区役所のところで中杉通りへ入って行く。阿佐ヶ谷駅は目の前だ。東京西側、渋谷区、中野区、杉並区と、ジグザグに縦断して行く。鉄道では味わえない地元感が伝わってくるのだ。

しかし、このバスルートも、いささか飽きてきた。また別の帰宅ルートを考え出すべきかもしれない。それがまた、楽しいのだ。なお、西門前からは、中野駅行きのバスもある。一度乗ってみたが、渋滞につかまり、ノロノロと動かない。一時間以上かかり懲りて、これは以後バス、もといパスだ。

代々木第一体育館は丹下健三の設計。東京オリンピック開催（1964年）に向けて建設された。

へそ曲がりの東京歩き　北千住

人のやれないことをやれ、と水前寺清子（「いっぽんどっこの歌」）が教えてくれた。私はへそ曲がりなのか、人がやること（流行）、みんなが行くところ（観光スポット）に背を向ける傾向がある。やれインスタ映えだの、パワースポットだの、トレンディだの、よってたかって人々が飛びかかる物や場所は敬遠したい。祭りもキライである。

ずいぶん前に、某所で人の集まりがあったとき、私が京都で学生生活を送ったというと、「祇園祭とか、にぎやかでいいですね」と話を向けられた。そこで「いや、祇園祭、テレビ以外で一度も見たことがないんです」と正直に答えたところ、驚かれるというより訝られ、「いや、それはない。京都にいて祇園祭を見ないのは、ありえないでしょう」と否定された。テレビ局の人だったが、逆にそういう発想をする人がいることにびっくりした。高学歴、高給取りの大人の男だが、バカじゃないかと思った。だって、現実に「見たことがない」んだもの。そういう日は、四条や河原町通りには近づかなかったんだもの。それの、どこがいけない？

まあ、私の方が変わっているのかもしれない。しかし、先入観にしばられて足を取られることは、私のようにものを書いている人間にとって、時として命取りになる。気をつけねばならない。

これまで東京の方々をずいぶん歩いてきたが、知らない町を歩く場合は、何か新味を見つけたいと心がけている。ガイドブックには載らない町の顔を探したいのだ。「北千住」を歩いたときもそうだった。たいていのガイドブックで紹介されているのは、例外なく西側。旧日光街道がかつての宿場町で、江戸時代から続く「名倉医院」や「横山家」の屋敷、水戸黄門の逸話に由来する「槍かけだんご」の「かどや」（創業は昭和二十七年）と江戸の気風を残す。居酒屋「大はし」など人気の飲食店も多く、歩き甲斐のあるエリアである。竜宮城みたいな銭湯「大黒湯」も、たいてい一緒に紹介され、盛りだくさんだ。

最初は私も西側で、古本屋巡りのために出かけた。「カンパネラ書房」という店が、四号線沿い、北千住駅入り口交差点近くにあり、ここを訪ねた。それからしばらくして、北千住駅から遠く離れた隅田川西側の千住緑町を探訪。これは地図を見ていて、千住緑町二丁目、三丁目が、タテヨコに豆腐を切るように正確に区割りされているのに気づき、何かあるなと思ったのだ。調べてみると、かつて同潤会住宅があった場所だった。同潤会、と言えば、関東大震災後の復興アパートが有名だが、ここは一戸建ての分譲で、珍しい。足立区のホームページによれば、「昭和10（1935）年当時、京成電鉄が売り出した現在の千住緑町周辺の土地。洋間の付いたサラリーマン向けの住宅は当時文化住宅と呼ばれ、そのモダンさで東京市中でも評判だったとか。さらに特徴的だったのは工場が多かった当時の足立区らしく、工員さんや職人さんにも住んでもらおうと、平屋建て二室・三室といった手の届きやすい住宅も建設し、さらに年賦販売を行う等工夫したことでした」。

東京大空襲で一帯が焼き払われ、一軒も残らなかったとのことだ。私が訪れたときも、すでにアパートなどが密集する、下町の住宅地になっていた。ただし、区割りはそのまま。中央を東西に貫く通りは「ゆうやけ通り」と呼ばれていた。おそらく、西に沈む夕陽が、ここから拝めるのだろう。これがまだ、西口駅前が再開発される以前の話で、それっきり再訪することもなかった。

北千住は、むしろ東側こそ訪ねるべきだと気づいたのはずいぶん遅く、数年前か。新聞記事で、まだ踏み入れたことのない東側に「柳原《やなぎはら》」という古い住宅地があり、その路地に「木電気《きでんき》」と呼ばれる素朴な電灯が数本、残っていると知ったのだ。電柱ではない。電灯の届かぬ路地の暗い場所を照らすため、棒切れのような細い柱に傘電球がついている。きわめて珍しいという。

これを、わざわざ我が目で確かめるため、柳原へ出かけて行った。地図で見ると、荒川側から北千住駅方面に向けて、通りが大きな円周を二重に描いている。まるで古城を中心にしたヨーロッパの旧市街のようだ。こういう場合、たいていは昔、この通りが水路だった例が多い。二重の円周の内側は、柳原稲荷神社を核にして、車も通れないような細い路地が入り組んで、迷路のようだ。住んでいる方も大勢いらっしゃるから、失礼だとは思うが、内側の古い商店街の店舗はほとんど戸を閉じていて、淋しい光景だった。廃屋の多い、人もあまり行き交わぬ路地、路地を抜けて歩いていると、白昼の夢の中にさまよい込んだような気がするのだ。「迷宮（ラビリンス）」という言葉が思い浮かぶ。柳原と隣町の千住旭町には、まだ数軒の銭湯も健在だ。風呂なしの物件がまだ残っている証拠か。「大和湯」（柳原二丁目）近くに「松むら」というテイクアウトの稲荷寿司のおいしい店がある。私が定期的に開いている「新潮講座」の文学散歩で、生徒さんたちを連れて柳原探訪をしたとき、この「松むら」で、一人一個という買い方をしたが、喜んで対応して下さった。

柳原とそれを取り囲む千住一帯の話をすると止まらなくなる。柳原の円周商店街が途切れる南側に東武伊勢崎線と京成本線が、ほぼ並行して東西に走っている。柳原町へ行くには、この東武線「牛田」駅、「京成関屋」駅が最寄りとなる。「牛田」の次が「堀切」。駅前すぐに「東京未来大学」校舎があるが、ここはドラマ「3年B組金八先生」のロケで使われた「第二中学校」が廃校後の跡地に建てられた。だから、千住一帯は、映像で見直せば、「金八先生」に登場するはずだ。

映画で言えば、小津安二郎「東京物語」で、尾道から上京してきた老母（東山千栄子）が、孫を遊ばせるシーンに、この堀切駅東の荒川土手が映る。最近、気づいたのは「男はつらいよ　寅次郎子守唄」（一九七四年公開）。ふんだんに千住一帯が出てくる。タイトルに「子守唄」とあるのは、ひょんなことから、赤ん坊を預かって柴又へ戻ってきた寅が、例によって美しい女性を見初めてしまう。それがこの回のマドンナ・京子（十朱幸代）。明るく美しい看護婦（と、当時は呼んだ）で、十朱は生き生きと演じて、その効果もあって、シリーズ屈指の出来だ。京子は京成「江戸川」駅近くのアパートに住んでいるが、勤めは「牛田」駅北の「吉田病院」。

本当は「吉田医院」といって、実在の病院でいまもある。京子に会いたくて、病院近くまで行った寅が、遠くからじっとその姿を見つめるシーンが、東武伊勢崎線のガード下トンネルだ。

もちろん寅の恋は破局するが、ライバルは京子と一緒に合唱団を組むリーダーの大川弥太郎（上條恒彦）。千住の工場に勤める青年で、素朴ではあるが、およそ女と縁のなさそうな、ひげもじゃのむさくるしい男である。この弥太郎のアパートが牛田駅のすぐ南、京成関屋駅の高架脇にある。行われる合唱の練習は、柳原千草通りにある幼稚園。休みの日に、ここを借りている。ここは「聖和幼稚園」で、現存するからうれしくなる。一九七四年の映画だから、すでに四十五年が経過しているわけだから、この現存率はすごい。

せっかくだから「寅次郎子守唄」の話をもう少し。日本酒を酌み交わしながら寅は、散らかり放題の弥太郎の部屋で恋愛指南をする。恋の相手が京子だと知り、寅は「身の程知らず」と言い、断られるのはわかっていても、それでも告白してみろとそそのかすのだ。酔っ払った二人は、「とらや」まで戻って来

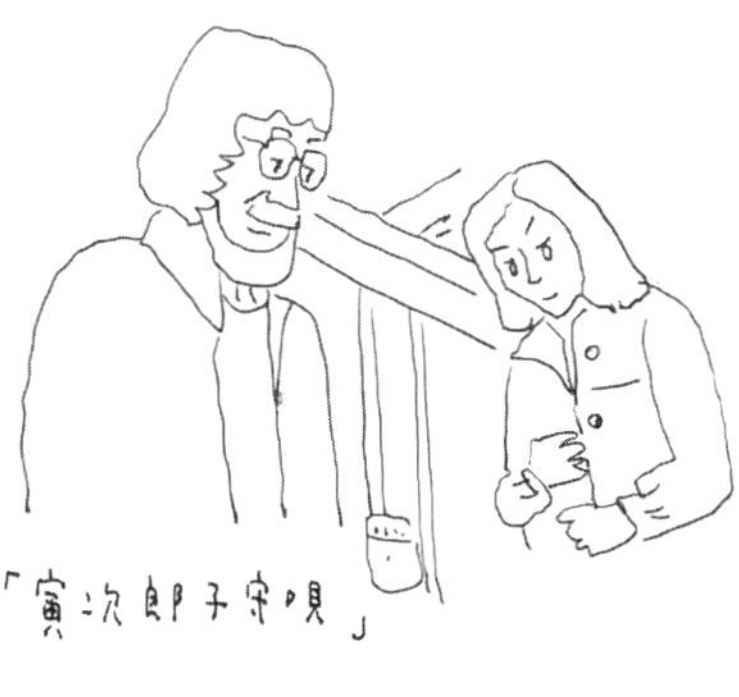

る。そこに京子がいた。弥太郎は真剣な面持ちで突っ立ったまま「笑わないで下さい」と言って、「急性盲腸炎で入院したその日から、僕はあなたがずっと好きです」と告白する。

美女と野獣。どう見ても実らぬ恋だが、これが成就するのが映画のいいところ。これには伏線があり、京子とさくらが荒川土手を歩きながら語るシーン。故郷の母親が「いい人と結婚しろ」と独身の京子をせっつく。彼女はもう三十歳になる。母親の言う「いい人」とは、京子が幼い時亡くなった「父のような人」だ。「素敵な人だったのね」とさくら。しかし、京子が写真で見た父は「醜男」で、口下手でお金儲けが下手な人だったと言うのだ。ここで観客は、その条件にぴったり当てはまる青年に思い当たる。そして告白の夜がある。

翌日、その話題をたこ社長、おいちゃん、おばちゃんがしている。男二人は、どう考えても、弥太郎は振られると思っている。「可哀想に」と。しかし、おばちゃんがこう言うのだ。

「そんなこと言うけど、わかんないよ。あんな言い方されて、心を動かさない女はいないんじゃないかい」(セリフはメモによる。正確ではない)

これ、いいシーンである。苦労人のおばちゃんが、女心の核心をみごとに言い当てているからだ。銀座や渋谷ではありえない恋が、荒川べりの労働者の町なら成立する。ほかの町では暑苦しい、金八先生の熱弁も似合うのである。

柳原の訪問は木電気が点灯する夕暮れどきがおすすめ。

立ち食いそば

もと「彷書月刊」編集者の皆川秀くんが作った、坂崎仁紀『ちょっとそばでも』（廣済堂出版）という「立ち食いそば」ガイド本がひょっこり出てきて、これは面白い。というか役に立つ。というか、行きたくなる（煮え切らない書き方だなあ）。

「古書通信」連載「昨日も今日も古本さんぽ」目黒編で、私が触れた「田舎」も登場。「生麺使用とか、揚げたての天ぷらとか、そういった方向性とは一線を画し、昔ながらの店のスタイルを守り提供している」と、うまい紹介だ。そうなんだよ。「生麺」「揚げたて」で勝負する「立ち食い」は、それはそれでクオリティが高く、人気店になるのはわかるが、時として、目黒「田舎」のような、いっけ

かつて小淵沢駅改札を出てすぐにあった「丸政」。

ん力を入れてなさそうな（失礼）店の、オーソドックスなそばもまたうまいと思うのである。

同著によれば、秋葉原「二葉」は「東京立ち食いそば界の至宝」だそうだ。行ってみよう。ここで、汁の熱さにも言及しているのが我が意を得たり、の思いがした。ときどき、変に生ぬるい汁で出されることがあり、もうこれは、「金返してくれ！」と言いたくなる。新宿駅西口構内にある店など、繁昌していたが、いやに生ぬるい汁で、食った気がしなかった。ほかの駅そばでも、タイミングによれば、生ぬるい汁と出会うことがある。そんなときは、腰がくだけ、もう、本当にがっかりする。「汁、もう少し熱くしてくれない？」って言えないだろうか。

あとで知ったが、店によって汁の熱さが選べるところもあるらしく、ぬるい汁が好みの人がいるというのが信じられない。立ち食いは熱々、が命だと、ここで私は断固、宣言しておく。牛込柳町の「白河そば」も、よく話に聞く名店。カレーがうまいという。ふだん食べないが、ここでカレーそばを食したい。「立ち食い」行脚をしている人は多く、鉄オタのごとく、東京全店制覇を目ざす強者もネット上で見受けられて、とてもとても、私にそんな気はない。昼時、駅改札を出て、駅前に「お！」と見つけると立ち寄る。そんな穏やかな「立ち食い」アクセスを続けたいものだ。

そうは言いながら、ときに、わざわざ日ざして「立ち食い」へ行くこともある。最たるものは、中央本線「小淵沢」駅改札を出てすぐの「丸政《まるまさ》」。かつてホーム上にあったのが移転し、現在は、小淵沢駅の建て替えで再び移転し、駅構内二階にあるようだ（駅が変わってからは未見）。ここは、けっこう遠方からわざわざ食べに来る人がいるぞ。私もその一人で、鉄学者・原武史が激賞していたのを読んで、心と体が動いた。小淵沢駅へも「青春18きっぷ」「大人の休日倶楽部」を使って、何度か行っている。「青春18」利用なら、高尾駅を午前九時十八分発普通電車に乗り、甲府乗り換えで十一時三十七分に小淵沢着がベストではないか。ちょうどいい腹の空き加減で「丸政」が待っている。名物は「山賊そば」三百八十円。「山賊」とは大きく出たが、でかい鶏の唐揚げがごろんと入っている。これが一番人気だろう。ほか、馬肉、野沢菜天ぷらのトッピングも、都心の立ち食いではちょっと見かけない。太めの麺が甘辛い汁によくなじむ。そこに「わざわざ」が加わると、より美味《おいし》く感じるのだ。

そうは言いつつ、この一軒、となると、やっぱり大阪になる。千日前に移転した老舗古書店「天地書房」を訪れたとき、同じ商店街の真ん前角地に「松屋うどん」（牛丼チェーン店にあらず）を発見。恥ずかしながらその存在を私は知らなかった。店外に券売機。その安さに仰天する。「うどん１８０」「きつね２５０」「天ぷら２６０」「肉３５０」「いなり2個１００」などなど。東京の立ち食いより、各百円は安い。角地にあるため、鉤形の長いカウンターでちゃんと椅子がある。広い厨房では、目の前で釜がぐらぐら煮え、湯気が立ちこもっている。このときは、「大阪やろ、きつねで行かんかい！」と、きつねうどんを食べた。味もまた衝撃であった。

熱々の汁は、大量の昆布とかつおぶしを張り込んだ薄出汁で、食欲をそそる匂いがぷんぷんしている。やや甘めの汁をすすり、ついでうどん（讃岐系じゃなく歯がなくても食べられる系）をすすりこむと、「おおおっ！」と心の中で声が出た（声に出したら変な人だ）。「これですがな、これですがな」と、もう大阪弁モードに入りはぐはぐ、じゅるじゅると完食した。

ああ、書いているそばから、大阪へ駆けつけて「松屋うどん」の、今度はカレーうどんを食べたくなってきた。しかし、あの汁で肉豆腐や鍋を作ったら、さぞうまかろうな。「生きる歓び」という言葉が思い浮かぶ。同様の薄出汁でもう一軒、大阪はＪＲ京橋駅近く「浪花」（ここは京阪小僧としてはよく通った）を同クラスの名店として挙げたいが、いま調べたら、社長の逝去で数年前に閉店したと知る。これはショック。「松屋うどん」の住所は中央区難波千日前十三の一（住所までよく見えてくる）。朝八時から二十三時まで開いている。

　手軽で早くて安くてうまい。立ち食いソバ店は、働く男たちのオアシスであったが、近年、女性の姿も見かけるようになった。長い髪を耳元までかきあげ、小さな口でちゅるちゅると、そばをすすっている姿を横目で見るのも、またいいものであります。ほら、このあたりが「おやじ」でしょう。

振り返ったビルの2階に「天地書房」がある。

水郡線の旅

二〇一八年六月、「大人の休日倶楽部」キップを使って、水郡線《すいぐん》を完乗してきた。常陸大子駅《ひたちだいご》で途中下車。二時間ほど、観光案内所で無料の自転車を借りて町を散策。出発した最寄り駅から六時間ぐらい、電車に乗っていたのではないか。水田と樹々、緑九十パーセントの旅であった。「水郡線」とは、安直だが、手っ取り早くウィキペディアの記述を借りれば「茨城県水戸市の水戸駅から福島県郡山市の安積永盛駅までと、茨城県那珂市の上菅谷駅で分岐して茨城県常陸太田市の常陸太田駅までを結ぶ東日本旅客鉄道（JR東日本）の鉄道路線（地方交通線）である。奥久慈清流ラインという愛称が付けられている」。頭がくらくらする解説だが、東北本線「郡山」駅が始発で、そのまま水郡線に乗り入れるのだから、水戸と郡山を結ぶローカル線ということですっきり理解したい。途中下車せず完乗すれば、所要時間は約三時間半。

単線、気動車で、特急の類も走らず、ほとんどが無人駅という淋しい路線だ。いちばん有名なのはおそらく「袋田《ふくろだ》」駅だ。ここに名勝「袋田の瀧」がある。私はそんな線が走っていることさえ知らなかったのだが、川本三郎さんが何度か、この水郡線の魅力をエッセイに書かれておられるのを読み、火がついた。日帰りで、名勝「袋田の瀧」も見ず、降りたのは「常陸大子」駅だけという、観光協会からすれば、まことにつれない旅であった。川本さんは『あの映画に、この鉄道』（キネマ旬報社）の中で、水郡線についてこう書かれている。

「特急が走らない。田園地帯を走るので、田植えの時期に乗ると、まるで水の上を走っているよう」。また、「男はつらいよ　ぼくの伯父さん」で、寅さんがこの水郡線に乗車し、袋田駅で降りると指摘している。別のエッセイで、やはりこの水郡線を取り上げ、川本さんは「常陸大子」駅で降りて一泊している。

四日連続、ＪＲ東日本圏内は、新幹線を含めて乗り放題（六回まで指定が取れる）で、一万五千円という超割安キップの使い道はいろいろあろうが、私は、こういう際にこそ、使えるキップだと思い、水郡線の旅に一日分を使った。あくせく、がつがつと点数をかせぐ旅はもうしたくない。短編小説のような一日でありたいと思うのだ。

かつて繁栄した時代もあったのか。寂れ切った「パチンコ・ゲームセンター」の遺物。しかし、この淋しさこそ、旅情を誘うのである。

午少し前に「常陸大子」駅到着。駅前から延びるメインストリートだが、人影はなく閑散としている。地方都市を訪れるとき、これは見慣れた光景だ。

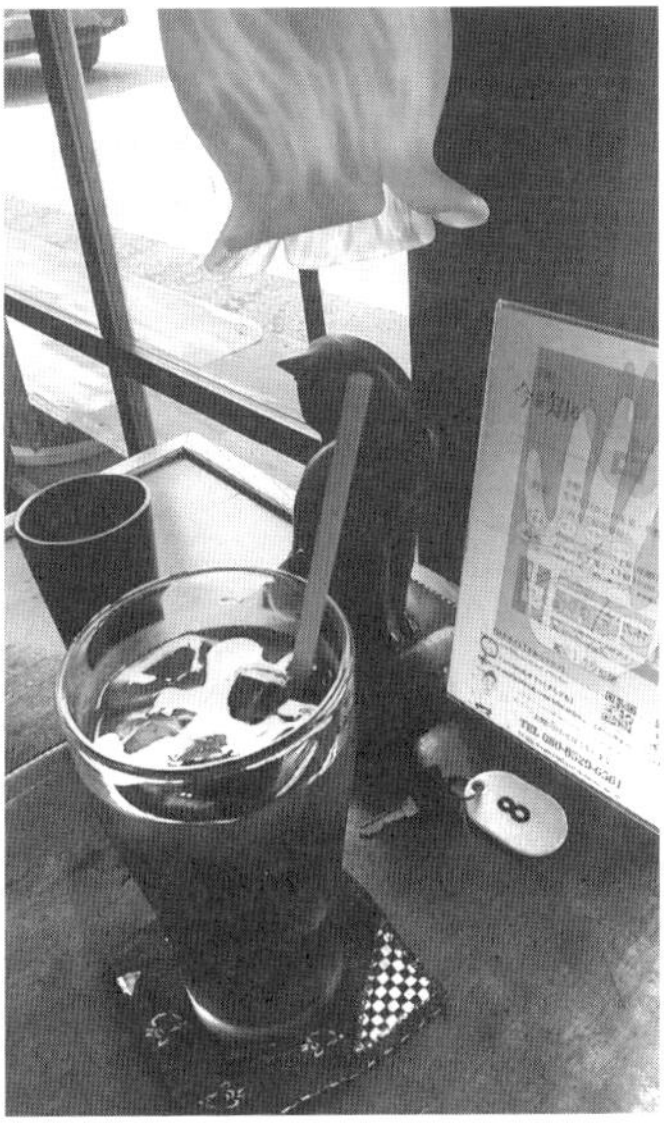

駅前の旅行案内所でレンタサイクルを借り（無料だった）、町なかを１時間ほど走ってみた。どこもかしこも人がなく、川を渡った「道の駅」と、商店街の古民家を利用したカフェだけがにぎわっていた。これも、いかにもの風景である。

昭和な喫茶店「マル屋」へ行こう

二〇一八年一月末、大阪出張。出版社・創元社で五名の書き手と一人のイラストレーターが参加する本を作るための編集会議が開かれた。のち、『本の虫の本』としてこれは結実。交通費・宿泊費付きで大阪入りというのがありがたい。編集会議が午前に始まるというので、前日、創元社近くにホテルを取ってもらった。ホテルユニゾ大阪淀屋橋。通常のビジネスホテルよりワンランク上のいいホテルで、お風呂も大きいし、アメニティグッズも充実。翌朝のバイキング朝食（和食）もうれしいものだった。

初日、せっかくだから、早く大阪入りして散歩をする。道具屋筋二階に移転した「天地書房」、上本町に移転した「一色《いっしき》文庫」を覗き、これで「古書通信」長期連載の古本屋探訪の原稿はなんとか書けそう。夜は京橋で、「吉田拓郎つま恋コンサート」へ一緒に行った友Sと待ち合わせ、大阪王将、鳥の巣（串カツ）、そしてカラオケ。

翌日が編集会議の日だが、約束の時間までホテルでくすぶっていてもなんなので、前から目をつけていた南海高野線「西天《にしてん》下茶屋《がちゃや》」駅の駅舎、そこからすぐの商店街にあるレトロ純喫茶「マル屋」へ行く。テレビで紹介されているのを、偶然見たのだが、驚愕のタイムスリップ喫茶であった。つまり、昭和のある時点でそのまま時が止まっているのだ。昭和小僧の私としては見過ごしてはいけない。

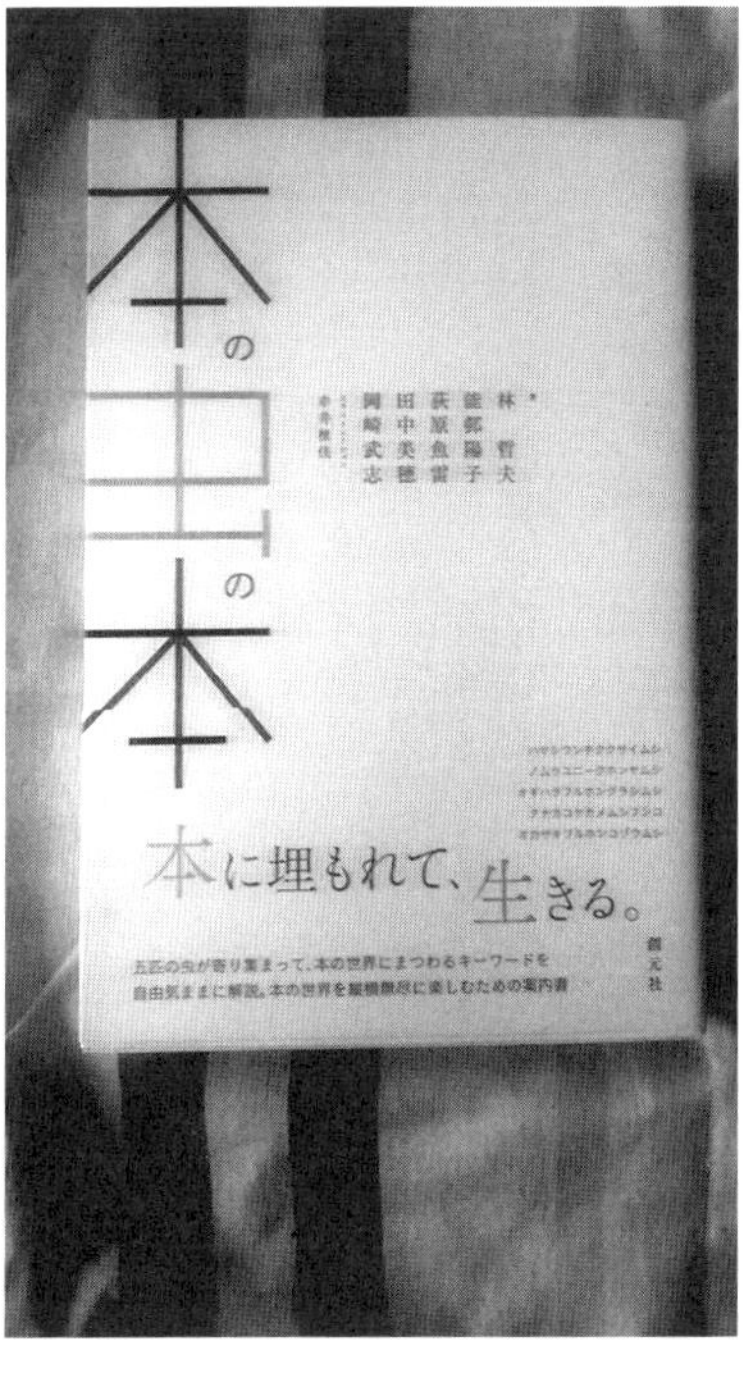

「五匹の虫が寄り集まって、本の世界にまつわるキーワードを自由気ままに解説。本の世界を縦横無尽に楽しむための案内書」と帯にある。

いざ西天下茶屋へ

「茶」色で煮染めた「コーヒーショップ　マル屋」を発見。もうこの時点で胸がドキドキ。開いててよかった。これで閉まっていた日には、わざわざそのために来たのだから徒労感は半端ではない。

「西天下茶屋」ってどこだ、と迷うほど、乗り馴れない南海高野線の汐見橋線で現地へ。事前に店の場所はチェックしていた。「西天下茶屋」駅は地上駅。ペンキの剝げた木製の壁とベンチがいきなり「昭和」のお出迎え。

パンケーキが売り、というようなお洒落な「カフェ」とは一線を画す、あくまで昭和の内装とたたずまい。ちゃんと煎れたレギュラーコーヒーは、なんと160円！　だいたい1970年代初頭の物価だ。料金は先払い、というのもユニーク。

まったりとコーヒーを飲みながら、骨董品のようなメニューをめくる。なぜかうどんとそばがあり、かけうどん、かけそばは200円、というから立ち食いより安い。

「みちくさ市」を歩く

二〇〇五年に、いわゆる「谷根千《やねせん》」エリアで始まった、素人が路上で古本を販売するのが「一箱古本市」。これを元祖として、ノウハウはまたたくまに全国に波及し、本離れと言われる中、本が人々を吸引し町を盛り上げるイベントに成長、定着した。

元祖で本家の「一箱古本市」に続くのが東京・雑司が谷の鬼子母神《きしもじん》商店街で開かれている「みちくさ市」であろう。こちらは早稲田、目白、雑司が谷の古本屋仲良しグループが結成する「わめぞ」を母胎にして、二〇〇八年に開始された。年

通りには当日、赤い幟が立つ。道の奥、突き当たりがY字路で、大きな木がある右側の通りを進むと鬼子母神がある。

に数回の開催（雨天中止）で、二〇一九年三月には第四十六回を迎えた。回数では本家を超えたことになる。

私は、「谷根千」「雑司が谷」の両方ともに、初回から売り手として参加していたが、体力の衰えを感じ、いずれも撤退。ときどき、お客さんとしてパトロールする立場になっている。出店数は約三十ブース。それに合わせて、沿道の商店が、古本や雑貨を店頭で売り出し、いっそう盛り上がりを見せている。

客として各店をパトロールする際、いつも歩きながら写真を撮るが、売り手も売られている本も、それぞれ「顔」があり、個性的で見飽きないのだ。また、無名のライターの私も、ここ「みちくさ市」にいたっては有名人に転身し、いたるところで声をかけられる。「どうも、お疲れさまです」なんて、頭を下げられると、地回りのヤクザになったような気分になってくる。

近くの鬼子母神で開かれる「手作り市」の集客が、そのまま流れてくることもあり、いつも閑散とした商店街が一日にぎわう。これも「みちくさ市」効果であろう。店を開いて、客を待つのではなく、自分から通りへ出ていって、客を呼び込むという新しいスタイルである。そこに個性も生まれる。

本家は、「一箱」にこだわり、箱一つのサイズで、いかに売り手が世界を作るかが問われるが、「みちくさ市」はもう少しアバウト。与えられたエリア内なら、自由に展開できる。面陳（本の表紙を見せる陳列法）も効果あり。

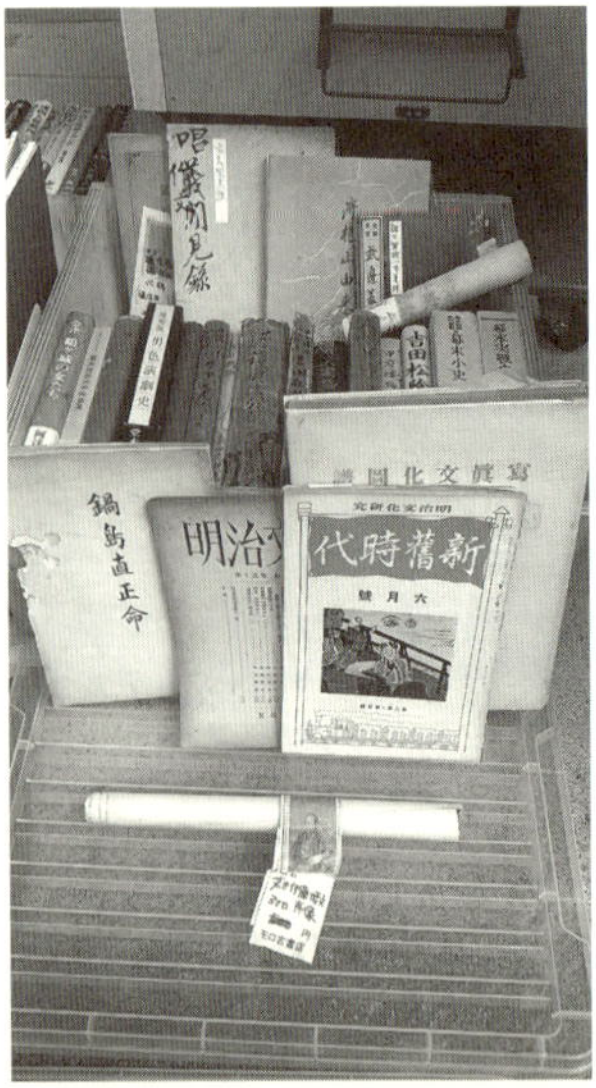

売られる本のジャンルは、絵本や文芸書、サブカルものが目立つが、ときに「古書」「資料もの」「紙もの」など、硬派で本格的な商品も並ぶ。ネット販売の業者は、売れ筋のデモンストレーションにもなるわけだ。

『野呂邦暢古本屋写真集』（書肆盛林堂）ほか、多くの「古本」本を、一緒に作ってきた古本「相棒」の古本屋ツアー・イン・ジャパンこと小山力也さんは、この古本フリマの常連出店者。開店そうそう、ファンが大勢詰めかける。

平日は人通りが少ない商店街なので、飲食店は少ない。「風味亭」は、普通の町中華だが、味よし、盛りよしで、私はほとんど昼食はここでとる。小スープつき中華飯がお気に入り。

ぼくがうろつくこの街

いま手元に、『中央線map』（ぴあ）というガイドブックがある。新宿から高尾まで、主要駅の各駅周辺を地図入りで紹介している。私は一九九二年から一年半ほど高円寺に住み、結婚して神奈川県へ移転したが、また中央線に戻ってきて、現在は国立（住所は国分寺市）で暮らしている。

この『中央線map』は一九九四年に出た。高円寺を離れてからも、中央線沿線をうろついているときに、愛用していた。当時は「実用」。ただ、二十五年も経ると、町の様子や店はずいぶん変わり、「実用」の役目は終えている。だから、二十五年前の町にタイムスリップできるわけで、逆に面白さが増している。高円寺なんて、そうか「高円寺文庫センター」がまだあって、深夜まで営業していたから、酔っ払ったあとに立ち寄って、本を買うのに重宝したよな、なんて思い出がよみがえる。

西荻窪のページを開くと、現在「音羽館」という古書店になっている店が、その前は「よみた屋」で、この地図ではまだ「よみた屋」のままだ。その先、女子大通りに出た「物豆奇《ものずき》」という時計がたくさんある純喫茶はこの頃からあり、駅前から北に延びる細い道にある「どんぐり舎」も健在。この地図ではカットされているが、南口の「ダンテ」もあって、純喫茶が生き延びられる街は、やっぱりいい街だな、とか。

いや、そんなことを書き始めると、老人の繰り言になってしまう。ここは「国立」の話だ。「こくりつ」ではなく「くにたち」。十七年前に、現在の住居に移転して以来、ずっと親しんできた街だ。私の家からは自転車で十五分ぐらい。駅前まで来ると、大きな駐輪場に自転車を放り込む。後ろ車輪カバーに「ＯＫＡＴＡＫＥ（岡崎武志の略）」とマジックで書き込んであるのは、大量の自転車の放列にまぎれこんで、わからなくなるからだ。

フリーの特性を生かして、平日昼間でも、私はこの街をぶらついている。吉田拓郎に（また、拓郎かよ）「金曜日の朝」という曲があって、作詞は安井かずみだが、「背中まるめて歩くたび　ぼくがうろつくこの街は　何故かパリーに似ている」という一節がある。私も、ちょっと「パリ気分」でこの街を歩くのだ。宏大な敷地を占める一橋大学を中心とした文教都市で、南北を両脇に舗道を広く取った大学通りが貫き、その両翼、東西斜めに東が旭通り、西が富士見通りと放射路になっている。大学通りは、春は桜、秋は銀杏が色づく並木道だし、まあ、無理すればパリっぽいと言えないこともないだろう。

駅前周辺の建築は、並木に合わせた高さ制限があり、しかも文教地区だからパチンコ店など風俗営業の店がない。お固い、清潔なイメージが保たれている。柔らかい風俗店は、お隣り「立川」にまかせた、という感じか。私が越して来た当時は、中央線もまだ国分寺以西は地べたを走っており、国立も地上駅。国立のシンボルというべき三角屋根の駅舎もあった（二〇二〇年復原完成予定）。駅前ロータリーから、大学通りへ入る最初の横断歩道には信号がない。歩行者優先で、横断歩道の端に人がいると、自動車は止まるのである。当たり前じゃないかと言われそうだが、いや私の経験からすると、横断歩道で待っていて、車が止まるなんてことは、ほかの場所ではあんまりない。ここでは止まる。ときどき、白バイが陰に待機して、歩行者優先を守らない車に違反キップを切っている。どんどん切ってくれ。この「歩行者優先」が浸透しているという一点で、国立はいい街だ。

そうそう『中央線map』の話。私がまだ越してくる前の、二十五年時計の針を戻した国立がそこにある。いま、北口の前にどでかく聳える大型マンションは、二十五年前には「国立ゴルフ」というゴルフ練習場だ。駅前すぐに、これだけ大きなゴルフ練習場があるって珍しくないか。先ほど触れたように、高架になる前、地べたを走っている頃の国立駅は、南北自由通路がなく不便であった。通行証みたいなものを有人改札でもらって、抜けていたような気がする。北口には、「光町」という町名にもなった、新幹線開発の「鉄道総合研究所」がある。町名は新幹線「ひかり」にちなんでいる。南に比べて、これといって特徴のないエリアで、それはいまもそうだ。

二十五年前の街を地図で眺めていて、すぐ気づくのは、駅前にコンビニが見当たらないことだ。よくよく見ると、駅から六百メートルほど旭通りを行って、少

自転車専用道路が両側に確保されているのに、歩道を走るチャリ族がいる。困ったものだよ。

し角を曲がったところに　軒、富士見通りを八百メートルほど行った通り沿いに一軒「セブンイレブン」がある。いずれも駅からは遠い。駅前と呼べる場所には皆無だ。現在は、と言うと、そうだなあ、駅を起点に二百メートル圏内に北に二軒、南に三軒はある（たぶん、だが）。構内のＪＲ直営の「ニューデイズ」を含めれば六軒。どう考えても供給過剰だ。

私が国立周辺を歩いて散歩するコースは判を押したように決まっていて、まず「みちくさ書房」（古本屋）に立ち寄り、信号を渡って、展示替えがあれば「たましん美術館」を覗き、昼時なら「王将」で昼食を食べ、ときに百円ショップ「ダイソー」に立ち寄り、富士見通りを進んで「ブックオフ」、その先を曲がって大学通りへ戻り「増田書店」（私の本を優遇してくれていて、ちくま、講談社学術、岩波など硬派な文庫が充実）でそれぞれ買ったり買わなかったり。一服休憩したくなったら、大学通りの「ドトール」でホットのカフェラテを注文する。私は、基本的に禁煙しているが、外に出て、喫茶店へ寄ったとき、たまたま煙草を持っていれば二、三本火をつける。なければないでいい。

「ドトール」窓ぎわのカウンター席で、春早くなら、桜の枝が蕾をつけるのを見ながら、コーヒーを飲む。本を読む。スマホからフェイスブックに画像をアッ

夏はサンダル、秋冬は履きなれた靴で散歩する。歩き疲れたらベンチで休もう。誰に気兼ねのいらない自由な時間だから。

プすることもある。一時間もいない。二、三十分というところか。ちょうどパンの買い置きがなくなっていたなあと思ったら、「ドトール」の先、高級スーパー「紀ノ国屋」で食パンを買う。ホワイトブレッド・スライスは、小ぶりの食パンで一斤が本体二百円。これが食べやすくおいしい。たまにはちょっと気張って、お惣菜や寿司を買うことも。食パンの入った袋をぶら下げて、駅方面へ戻るのだ。駅構内「nonowa」の書店「ペーパーウォール」へもよく行く。詩集がよく揃っているな、と感心するのだ。

この国立散歩で、つくづく惜しいのは、必ず立ち寄っていた中古レコード・CD「ディスクユニオン」、行けば必ず買えて、ご主人とおしゃべりもした古書店「谷《や》川《がわ》書店」がなくなったこと。この二店舗を失ったとき、片肺をもぎ取られたような気がしたものだ。私のジャズのCDコレクションの半分は、間違いなく「ディスクユニオン」で購入したものだ。値段票が色別になっていて、定期的に「色」を指定したセールを展開。勢い勇んでジャズコーナーに陣取ったことが懐かしい。

これを書き忘れたらおおごとだぞ。もちろん、日頃「中川フォークジャンボリー」などでお世話になっている民家ギャラリー「ビブリオ」へ行くのも楽しみ。知識の宝庫であるオーナーの十松弘樹さんと雑談しながら、あれこれ情報を仕入れるのだ。歩道にベンチが多いこと、ケバい人や乱暴な人が歩いていないことも、国立の住みやすさを保全している。まだまだある気もするが、ここいらでおあとがよろしいようで……。

自分が死んだあとも、遺伝子のどれかに、この国立散歩をした日々の愉悦が刻まれるのではないか。

谷保散歩

国立駅周辺散歩から、大学通りへ足を延ばし、興に乗れば、そのまま谷保《やほ》駅まで歩くこともある。国立から谷保まで約二キロ。そのまま南武線の踏切を抜け、甲州街道を越えたら「谷保天満宮」の鳥居が見える。ここからが別天地だ。

学園都市である国立、ゴウゴウと物流トラックが命がけで走り抜ける甲州街道から、ほんのわずかだが、こんな静かな場所があるのかと驚かされるのだ。谷保天満宮は関東三大神の一つ（ほかの二つが答えられない）で、千百年の歴史を持つ。国分寺と立川の間にあり、だから「国立」と呼ばれる土地が学園都市として開発される前、ここいら一帯は、「谷保天」が中心だったのだ。崖下を「はけ」と呼ぶ段

谷保天満宮へ向かう参道。大祭や初詣などを除けば、参拝客も少なくとても静か。

丘に位置するため、鳥居をくぐって、本殿は階段の下にある。神社というと、多く山の上にあり、階段を上って参拝、というイメージがあるから、このアプローチは斬新だ。

斬新と言えば、この天満宮には鶏が十数羽、放し飼いにされており、いたるところで地面をつつきながら鳴き歩く赤いとさかが見える。珍しい光景である。参拝を軽く済ませると、元へ戻るのではなく、そのまま裏手へ出る。しばらく歩くと、目の前に広がるのが「谷保田圃」と呼ばれる田と畑である。いま手許に置いて参考にしているくせに、触れないのは卑怯なので明かしてしまうが、私が本稿を書くのに参考としているのは「みんなでくにたちを歩こう　健康ウォーキングマップ」という四つ折りの地図である。ここに「谷保田圃」についてこう書かれている。

「青柳崖線と立川崖線の南、多摩川沖積低地にはかつて米どころであった谷保田圃が広がり、コメ作りのための水を温める米池と呼ばれる水たまりと、巡らされた水路が、独特の風景をつくっていました」

なるほど、そうだったのか。ここから小一時間、郊外ながら都市生活を送っている者にとって、得がたい田舎散歩が待っているのだ。ほとんど人とすれ違わない、「はけの道」を歩くと、「城山《じょうやま》」「古民家」「郷土文化館」など、いくつか立ち寄りスポットがある。国立駅からはずいぶん離れてしまっているので、帰りはバスか、南武線「矢川」駅まで行って電車を乗り継いで戻る。途中に喫茶店があれば、もっといいが、まあ仕方がない。よそからやって来る人なら、谷保駅から歩く手もありますよ。

コッコ、コッコと境内をうろつく鶏たち。生きている鶏を見ることは、私はここ以外にない。

はけの道をしばらく行くと、保存された古民家が待っていていつも立ち寄る。農機具や古い竈を保存。囲炉裏に火が入っていることもある。一服するには最適の場所だ。

中世の城郭跡だと言われる「城山公園」は、舗装されていない道、竹林と武蔵野の面影を残す。

谷保田圃への入り口となる天神橋を渡る。子どもたちがなにやらひそひそと内緒話。

私はこんなところへ目がゆく お散歩カメラスケッチ

ニコンのコンパクトカメラから、スマホへ写真撮影を切り替えたのは、二〇一五年十二月四日からである。写真データから、そうだとわかる。コンパクトカメラも何台目かで、散歩や取材のときに持ち歩き、けっこうバシャバシャとシャッターを押していたから、容量がパンパンになってオーバーワークになり、あわてて不要の画像を削除したりしていた。データをパソコンに移すとか、チップへ移すとか、普通の人なら簡単なことが、私はできない。こまめに近くのカメラショップへ行って、たまった分を定期的にプリントアウトしていた。「整理」とか「管理」とかいう言葉は、私の辞書にはない。しかし、アルバムが増え続け、こちらも収拾がつかなくなってきたのである。

スマホの機能を百として、若者たちが自在にアプリなどを使いこなしているとしたら、私はせいぜい、そのうちの二か三しか使っていない。いちばんよく使っている機能が「カメラ」である。カメラは意識して外出時に携帯するが、スマホはそもそも外出時の必携だから、いっしょに「カメラ」機能もついてくる。で、やたらとシャッターを切るようになったのである。これも悩ましいことで、プリントアウトして、画像を削除したりしないから、際限なくデータが増えていく。二千画像を超えて、ある時、画像をメールで送付しようと思ったら、警告のメッセージが画面に現われた。「これ以上はダメですよ」というわけだ。また、削除、削除で空き容量を作ることになる。

スマホを使いこなして、データ保存の方法も複数、楽々こなしている人には、私の姿は滑稽だろうと思う。まあ、いいじゃないか。どこかに限界があるから、抑制が効くのだと思っている。いま保存されているデータを保存して、うまく活用できるとも思っていない。プリントアウトするというようなことになると、大変な金額になる。しばらく、このまま「滑稽」路線で行かせてもらう。

東京もしくは地方都市を歩いていて、「これは！」もしくは「これは？」と目についたものを、メモ代わりに撮影している。写真を撮り過ぎると、かんじんのものをじっくり見なくなる、という人もいるが、私は芸術家でもなんでもないからね。やっぱり、「!」や「?」が脳をキックしたときは、とりあえず撮っておこうと思う。悠々たる大自然を撮ることもないではないが、多くは街の断片のスケッチだ。ひょっとしたら、ほかの人は通り過ぎてしまうかもしれない、自分が興味を持ったものを画像で記録する。街歩きに疲れて入った喫茶店などで、その日撮った画像を確認する。人は忘れる動物だからね。二度、チェックすることで、その時、何に自分が惹かれたのかをフィードバックすることにもなる。

それに、漫然と対象を撮影するということは、まずない。ちゃんとアングルを決めて、バックして全体をカバーするか、部分に寄せて切り取るか、枠内にいかに収めるかなど、その場でけっこう考えて撮る。逆光モードがどうとか、フラッシュを焚かないとか、それはべつに気にしない。雑誌のカラーグラビアを巻頭で飾るわけではないのだ。鉛筆でノートにスケッチする、ぐらいの感じが私にはちょうどいいようだ。撮った画像に、共通性や特徴はあるのか。あるのかも知れないが、自分ではわからない。観光客が写したがる絵葉書的風景は避けているつもりだが、よく見直すと、そんなのも混じっている。気ままなのだ。気ままでいいとも思っている。

素人写真としては、いまのスマホの画像は相当レベルが高いし、なんといってもカバンやポケットから出して、シャッターを切るまでの動作が少なくて早い。この簡便さは、怠け者で何事も億劫がる私としてはありがたいのだ。ここに掲げた画像は、多く撮りためた中の、ほんのほんの一部。それでも、なんらかの「私」性が表われているかもしれない。一回きりのシャッターチャンスもあるから、記録としても貴重だと思っている。

薬師丸ひろ子のことを調べている際、彼女が住んでいた東京・青山の都営北青山一丁目アパートを見に行ったときに、敷地入り口に見つけた古い米穀店。ドラマで使われそうなたたずまいであった。

大阪散歩の拾い物。錆びたホーロー看板に「恩給　扶助料」と見える。おそらく旧軍人に支払われた、特別な年金の類を指すのだと思われる。戦後にまだ生きていた太平洋戦争の亡霊のようなものか。錆び具合が怨念のように見える。

高円寺「西部古書会館」古書即売会のスケッチ。本館手前のガレージにも、古本が売られ、古道具類も一緒に並ぶ。買わないまでも見ていると面白い。黒いダイヤル式の電話なども出品されることもあり、ドラマや映画の小道具で使われるのではないか。

東大和市の文字が見える。そう言っても他府県の人にはわからないだろうが東京都内である。火の見櫓を見つけてシャッターを切った。熱心に、ではないが、火の見櫓は過去に意識してカメラに収めている。低層地域では、これがけっこう高い建造物となる。青空がよく似合う。

有名な京王線「下高井戸」駅前すぐの古い市場。普通再開発の対象になるところを奇跡的に昔の面影を残している。すぐ近くに「古書豊川堂」という古本屋あり。

第四章

ささやかだけどとても大切なこと

黒いカバンを持って歩いていると

カバンのことでは、一時思い屈した。

これは永井龍男の短編「そばやまで」冒頭のもじりである。原文はこうだ。

「住いのことでは、一時思い屈した」

だからどうだというのではなく、通勤するビジネスマンでない初老男性の私（そう書くことに、少しねじくれた快感がある）にとって、ちょっとした外出時に、持って出るカバンが難しい。

もう少し若いときは、いわゆるバックパックを背中に負っていた。手提げのトートバッグも重宝して、なんやかやでカバンと呼べるものを三十種以上持っているか。しかし、この数年、使うのは一つで、九割はこれを持って歩く。

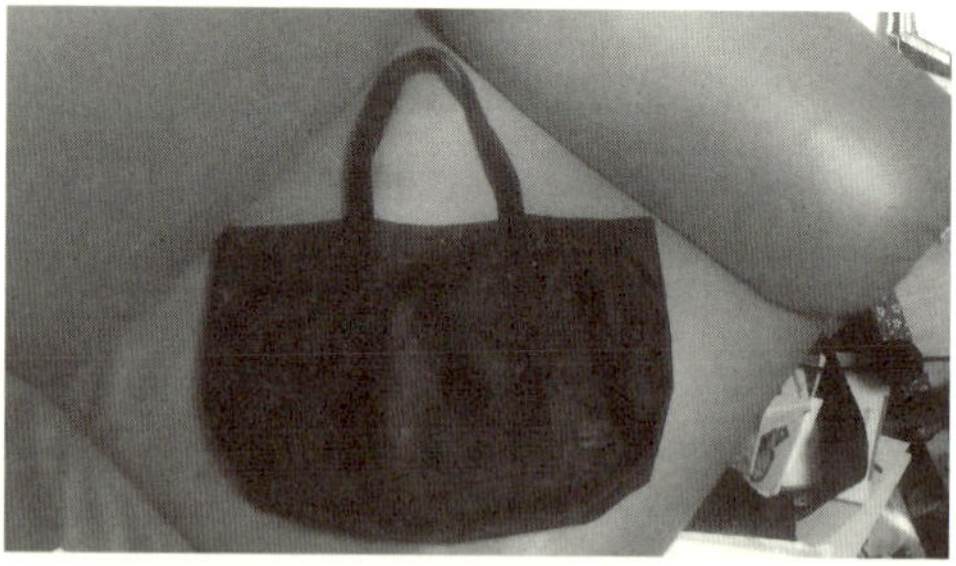

折り畳むと、ポケットにも入るぐらいの軽さ、薄さ。セカンドバッグとしても使えるのだ。

どこで入手したか。おそらく、量販店ではなく、古書会館（高円寺）で開かれる即売会ではなかったか。古書即売会では、本が中心ではあるが、それ以外、額絵、掛け軸、筆硯と古道具に類するものも多く売られている。このとき、少し本を買い過ぎて、ビニール袋に入れてもらうより、持ちやすい容れ物として買ったのだと思う。二百円か三百円か。

買った時は新品で、「PORTER（吉田カバン）」のタグがあり、一緒に高校だか大学の校名が入った布も縫われていた。おそらくだが、吉田カバンポーターが提携して、その学校の生徒が使うサブバッグを作った、そのお流れを私がちょうだいしたのだと思う。

一回きりでいいとも思ったぐらいだが、これが意外に使いやすく、ほぼ毎回の外出時の相棒となった。なにしろ、「青春18」の鈍行旅や「大人の休日倶楽部」を使っての日帰り旅でも、迷わず、たいていこれに必要最小限のものを入れて出かける。

何がそれほどいいか。B4がきっちりと入るサイズで、たいていのものが収まる。スケジュール帳、ノート、地図帳、筆記具、文庫本、スマホなど、必須アイテムを軽々と収めてかさばらない。重量は約百グラム。ケース付きスマホが約二百グラムだから、その軽さは飛び抜けている。この「軽さ」がありがたい。表面に、メモ帳やスマホが入るぐらいのポケットがついているのもいい。上部の中央内側には、真ん中で留めるボタンもついている。私のように、ふらふらと大した用もなく外出し、町をふらつくお気楽男にはちょうどいいのだ。

あれほど使っていたバックパックを、まったくというほど使わなくなったのは、まずは重量。それ自体がけっこう重い。あとは、一時、五十肩に罹って、シャツを着るときさえ「いてててて」と難儀する有様では、とてもあれを両肩に通すことはできなかった。

それに、バックパックを背負った老人があまりに多く、人ごみや、店内などで邪魔に思うことが多かったのだ。背負っていると、自分の目に見えないから、それが後ろで、意外な存在感を示し、すれ違う人の壁になっているのに気づかない。いや、あれはじつに邪魔であります。

しかし、さすが吉田カバンだと思うのは、これほど日々酷使し、雨風に打たれながら、生地が薄れたり破れたり、縫い目がほつれたりがまったくないことだ。もちろん、クタクタのヨレヨレではなるが、普段使いにはまったく問題ない。大したものだ。問題は、替えがないこと。吉田カバシの通販サイトでチェックしてみたら、似たので見つかったのが「トートバッグPAINT／ペイント716-06630」というもの。ただし帆布を使い、重さも七百グラム。私が使っているものの七倍だ。値段も一万五千円強する。

たぶん、これを作らせた某学校では、多数の生徒がこれを持ち、しかも卒業後使わずに置いている可能性が高い。一度「探偵！ナイトスクープ」に依頼文を出し、譲ってもらえる人を探そうか。

上下写真とも某日のカバンの中身を取り出したところ。

クウネル封筒

イギリス・ミステリのディック・フランシス作「競馬シリーズ」については、これまで何度か書いてきたから繰り返さない。面白く、夢中になって読みたい小説と聞かれれば、私はまずこのシリーズ（ハヤカワ・ミステリ文庫）をおすすめする。文庫版でシリーズ三十一番目にカウントされた長編『帰還』は、外交官ピーター・ダーウィンが主人公。名乗った後、必ず「ちがう、チャールズの血縁ではない」と断りを言う。つまり「ダーウィン」と言えば、「あの、進化論の？」と短絡されるわけだ。日本に置き換えれば何だろう。「松任谷」と名乗れば、「あのユーミンの旦那さん（松任谷正隆）の血筋？」という感じか。

このダーウィン、外交官という職業柄、外国を転々とし、日本にも数年いたことがある。その時の知見（日本の印象、日本人について）が、主人公の口からたびたび披見される。著者のフランシス自身も、一九八八年に「ジャパンカップ」観戦のため来日しており、その時の体験が生かされている。たとえば、東京競馬場に駐輪場があることを、知り合いに告げる。「意味がよくわからないな」という相手に（つまり、自転車で競馬場へ行く習慣が彼らにはない）、「彼らは、行きたい所へはどんな方法ででも行く」とダーウィンが言う。日本人というのは、そういうものだと。

そんな中で、ダーウィンが日本や日本人について「あらゆる物が、可能なかぎり、木と紙で作られている」と説明するシーンがある。ちょっと極端ではないか、バカにしていないかと思われるかもしれないが、そのあとこう続く。「木は生え、再生するから。彼らは質素で、どなったり叫んだりするスペースがないから絶えず感情を抑えこんでいる秩序正しい人々だ」。短期間の滞在ではあったが、ディック・フランシスにはそう見えたということだろう。

さて、ここで取り上げたいのは、日本は「あらゆる物が、可能なかぎり、木と紙で作られている」という部分。もちろん、実際は鉄やコンクリート、合成樹脂、布やプラスティックなど、多種な素材が使われている。それでも「木と紙」に愛着がある、ということは間違いないだろう。そば屋へ入ったら、お品書きはたいてい紙に印刷され、出てくる割り箸は木で、紙の箸袋に収まっている。木や紙に対する愛着が、諸外国の民族と比較したとき、ひときわ強いのではないか。

大平一枝《おおだいらかずえ》『かみさま』（ポプラ社）という本がある。「かみさま」の「かみ」は「神」ではなく、すなわち「紙」である。名刺、葉書、便箋、包装紙、切手、おみくじなど、「紙」への愛着を語る人々に取材した本なのである。帯には「紙は、けなげに生きている」と書かれてある。その中に登場するのが井上明久。一九四五年生まれ。もと「マリ・クレール」の編集長を務めた人物。彼はマメな手紙好きで、二日に一度は誰かに葉書、手紙を出すという。しかも市販の葉書、便箋などは使わない。そのためにふだんからストックしてあった包装紙、書皮（書店独自の本を包む紙）などを取り出し、そこから選んで書く。それに似合った切手を貼る、というから徹底している。

取材した大平への礼状は、民芸調の切り紙模様の便箋に、筆文字の手書き、ハンコが捺されてあった。便箋には何が使われていたかといえば、紀伊國屋書店の贈答用の包装紙で、デザインは安野光雅。じつに洒落ている。もらった方は大事にしようと思うだろう。

釜飯をくるんである包装紙などを見ると、これは手紙に使えないかと考える。それが楽しいのだと言う。そうなのだ。日頃見慣れた紙の印刷物が、手紙用に転用すると考えると、それが意識されて、別のものに見えてくる。感覚も磨かれていく。そこが大事。

私は、フリーライターという職業がら、手紙を書くことや、資料や写真などを郵送することが多い。秘書などいないので、すべて自分の手でやる。便箋は市販のものを使うが、原稿用紙なども便箋代わりにする（晶文社のロゴ入り専用原稿用紙も数冊所持）。

私が凝るのは葉書と封筒だ。葉書は、無地で白のものをストックしておいて（百円ショップで五十枚単位とかで売っている）、絵を描くこともあるし、写真やイラストをコラージュすることもある。もちろん絵葉書も使う。

とくに凝るのは封筒だ。誰かがそうしていると、ネットで読んだかして真似たのだが、雑誌「ku:nel（クウネル）」（マガジンハウス）のページを切り取って、封筒に仕立てる。これは一時期夢中になって、百枚近いストックを作っている。これに手紙や写真、イラストなどを入れて送るのだ。

作り方は誰から教わったわけでもなく、やってみたらすぐできた。多少修正して、いままでは楽々と完成形が作れる。必要なものはノリとハサミだけ。定規で寸法を測ったりもしない。「クウネル」の一ページの大きさが、折り畳んでいくと、ちょうど定形封筒のサイズ（タテ14〜23・5センチ、ヨコ9〜12センチ）内に収まる。ページを切り離し、折りしろを三センチほど残して（ここがポイント）、上下に二つ折り。両側をそれぞれ二センチほど内側に折り込んで、一度全部開く。折り込んだ両側の上半分をハサミで切る。残った方にノリをつけて貼れば完成。言葉で説明すると難しいが、決まった方法はないから、とにかくやってごらん。やった方が早いよ。素材として使う写真ページは、表の宛名を書く面に、なるべく白い地のあるものを選んでもいいし、そうでなくても、白い宛名シールを貼れば、うまく封筒に化けてくれる。

私は住所・氏名印を作っているので、裏面にはこれを捺す。もちろん手書きでもいい。これで、世の中でほかにない、自分だけの封筒になる。先輩のもの書きに、この「クウネル」封筒で手紙を差し上げたら、のちに会った際に、「おかざきさん、自分で封筒を作るんだね。永井荷風みたい」と言われた。荷風も手製の封筒を作っていたようだ。

ここで「クウネル」と言っているのは、リニューアル前の旧「クウネル」の話だ。同誌は二〇〇二年に「アンアン」増刊号としてスタートし、好評により四号から独立した雑誌として刊行されるようになった。インテリア、料理、手芸など、時流に乗らない暮らしを大切にして生きる人たちに向けた誌面作りが受けて、「クウネル」族とも言うべき愛好者を増やしていった。定期購読者が多く（私の妻もその一人）、バックナンバーも古本屋などで人気があった。

しかし、同じような生活情報誌が他社からも続々と創刊され、本家の部数は落ちていった。最後の方は赤字続きとなり、ついに二〇一六年一月号から全面リニューアルされ、タイトルは同じだが、まったく別の雑誌になってしまった。リニューアル第一号の特集タイトルは「フランス女性の生活の知恵」。以下、ライター猪谷千香《いがやちか》のレポートによるが、この変質に、旧クウネル族が反発した。SNSで炎上、「もう買いません」「魂を売った」「さようなら」と決別宣言が殺到した。

猪谷によれば、SNSに寄せられた文章の質が、驚くほど高かったそうである。旧クウネル族の知性と教養が高かったことがわかる。しかし、リニューアル後の「クウネル」はよく売れて、黒字に転じたというから皮肉な話だ。編集長は淀川美代子。

私は、妻がバックナンバーを揃えて持っているが、それとは別に古本屋で百円で売られているのを見つけては、自分用（というか封筒用）に買っていた。ところが、リニューアル後、旧「クウネル」を求める人が多いのか、古本市場に出回らなくなった。東京・代々木八幡の古本屋「ロスパペロテス」は、リニューアル後、いち早くバックナンバーに値をつけて、よく売れたと聞いた。

まあ、これは余談である。「クウネル」封筒の難点は、どうしても女子っぽくなることで、むくつけき壮年の私から届くことを考えると、相手を選ばないと、ちょっと引くかも知れない。男性雑誌でも「ブルータス」「スウィッチ」など、写真ページのクオリティが高い雑誌はある。こっちを使う手もありそうだ。雑誌以外でも、井上氏のように、包装紙や書店の書皮、映画や演劇、美術展などのきれいなチラシを取っておいて、それで作ってもいい。楽しみ方はいろいろだ。

B級グルメのイベントやお祭り、ディズニーランドなのど大型テーマパークへ行く「楽しみ」もあろうが、手作りのささやかな「楽しみ」も、またあっていい。

封筒にしてみて、あらためて「クウネル」の写真ページが、いかにクオリティの高いものだったかがわかる。

コレクション

古本好きにも、タイプは大きく二つに分かれて、マニアックなコレクターと、そうではなく、ただ古本が好きというだけの人がいる。私は後者。蔵書で人に誇れるコレクションは、まったくない。強いて言えば、落語や漫才などの笑芸、芸能の関係書は相当集めたが、蔵書整理の際、あっさりと笑芸関係の本を大量に手放した。この先、この方面についてまとまった原稿を書くこともなかろうと思ったからである。

好きな作家の著作をコンプリートで蒐集するという情熱もない。好みの作家は大勢いて、それなりに集めてはいるが、あちこち穴だらけ。揃っている個人全集も、梶井基次郎の旧筑摩版（これはたった三冊）、あと若き日に抱きしめるようにして買った庄野潤三全集（講談社）全十巻ぐらいか。ちくま文庫が「全集」を名乗って、漱石をはじめ、鷗外、芥川、中島敦、岡本かの子など、手に取りやすい形で出していて、私は手元に持っているが、これも完全ではない。とにかく、数だけはある、という状態だ。ハヤカワ・ミステリ文庫のディック・フランシス〝競馬シリーズ〟は全冊を揃えているが、これは同一レーベルの同じ判型で、五十冊に満たない。集める苦労があるわけではなく、単に読み続けたらたまったということだ。コレクションとは呼べない。

古本についてインタビューされて、「私はマニアではないから」と言うと、「まあたまたあ、そんなことおっしゃって」と返されたことがある。このあたりのニュアンスは、わからない人に説明するのが難しい。ただ、マニアと呼べるコレクターでないと、どの分野の研究も、真っ当には進まないのは確かである。

辞書のコレクターという人を取材したことがある。辞書だけのために、もっとも広い部屋を明け渡し、そこに居候させてもらっているような人だった。驚くべきは、廊下にも本棚があり、家中が本だらけなのだが、すべて辞書で、一般書は皆無に等しい。私とさほど年は変わらない方だったが、サリンジャーもブローティガンも、大江健三郎も開高健もない。つげ義春の漫画も高田渡のエッセイ集もない。数万冊を擁しながら、読書家とは呼べなかった。同じ辞書（例えば『広辞苑』）だけで棚一面が埋まっている。版や刷りが変わるたびに買う、といった具合で、些少の変化をチェックするという。その「些少」にこだわるのが、たしかにコレクターだ。研究はそこから始まる。

古本に関するマニアックなコレクターと言えば、近代文学で言えば鏡花や荷風、サブカルではSF、ミステリ、漫画に強者が多い。同じ古本好きと言っても、こういう強者たちの情熱的な会話に巻き込まれたら、私など、ただ口を開いて聞いているだけだ。まったく、ついていけないのである。天文学者たちが、新星について、専門的な話をしていて、それを聞いているのと変わらない。

積極的に打って出るのではなく、来る者は拒まずといった姿勢で、ゆるゆるとコレクションしているものはある。絵葉書や切手は、中高年になってから、捨てたり、散逸するのにストップをかけ、専用のファイルやスクラップブックに留めている。べつに、集めてどうしようという目論見もない。ただ、始めたら止められなくなって続いている。楽しくないか、と言われたら、楽しい。切手を集めるのは、小学校以来か。

昭和三十年代、男の子たちの間で切手蒐集が流行った。「少年マガジン」「少年サンデー」などに、切手売買の広告や、切手蒐集の記事が掲載されていた。「月に雁」「見返り美人」は垂涎の的、といまでも図柄を覚えている。友人同士で、複数枚あるものを交換し合う場合でも、値打ちのある切手は、そうでないもの三枚とか五枚とか、額面とは別の価値があって、少し隠微な感覚を味わった。中学に入る頃は、その情熱も失せてしまった。

切手蒐集を再開したのは、古本市で、他人の切手帳を安く買ったのがきっかけ。外国切手の蝶や虫の図案のコレクションだったと思うが、それを眺めていて、長年眠っていた子どもが「切手ですよ、お父さん」と起きてきた。変なもので、人が集めたものを自分のものにしても、あんまりうれしくない。やはりコレクションは、自分の手で、一枚いちまい集めて、収納していくところに歓びがある。

最初の数枚は、まだ行く手がぼんやりとしている。数十枚、数百枚と増えることで、がぜん光を放ち始めるのだ。これが数千枚になり、一度リセットさせて、テーマやジャンル別に切手帳を作って収納し直すところまで行けば、立派なコレクターである。私はまだ、鳥居をくぐったばかりぐらいで、本殿は遠い。

気をつけて見ていると、私のもとに届く郵便に貼られた切手が、現在販売中も含めて、デザインや絵がイカしたものが多い。中には、額面の安い古い記念切手を何枚も貼ったのが届く。もっと早く、その気になっていればよかったが、遅まきながら、切手の部分を切り取り、水を張ったコップに沈め、切手だけ剥がして保存するようになった。この使用済み切手のコレクションも、すでにスクラップ帳二冊分ぐらいある。

ほかのことはずぼらだが、どうもこういうことだけはマメで、やり始めると楽しくなってくる。集めてみて、何かがわかるということはない。ただ、ときどきスクラップ帳を取り出し、漫然と眺めるだけだ。それでも、小さな美術館ともいうべき、絵の競演があり、目を休ませてくれる。

男性は、どこかの部分で、少年を残しつつ生きて行く。少年を忘れた大人の男は魅力がない。勝手にそう思って生きている。

ゆるゆるとした切手蒐集は、少年を引き戻す一つの装置なのである。

未使用と使用済み（スタンプ入り）を分けて保存。

古本市に持ち込んだCD

毎年末、西荻窪の「銀盛会館」で、古本屋ツアー・イン・ジャパン（小山力也さん）と開いている古本市（蔵書処分市）は、七時間の長丁場となる。暇な時間帯もあり、手持ち無沙汰となるため、毎回、私が二十枚ほどCDを持ち込んで、場内で流している。日頃、ひんぱんには聴かない、マイミュージックを虫干しするいい機会になるのだ。

古本市が終わり、持ち帰った中から、一束になって袋に入っていたのをここに紹介する。千枚以上はあるCDラックから、吟味厳選した、というわけではない。ぱっと目について、あ、これいま聴きたいなと思うものをセレクトしたようである。それでも、私が欲しいと思って買ったものだから、自分の好み、音楽の傾向が表われているはず。簡単にコメントしてみようと思う。

2人古本市（＋盛林堂）も定着し、シャッターが開くと、すでに数十人の猛者たちがスタンバイしている。

毎回、400〜500冊は蔵書から出品するだろうか。不要になった本……だけでは客も買わない。少し血を流す（痛みも伴う）のが大事。売れ残りは持ち帰らず、盛林堂さんに引き取ってもらう。

1

加藤千晶「ドロップ横丁」

加藤さんはＮＨＫＥテレ「ピタゴラスイッチ」「いないいないばあ」の音楽を担当したり、ＣＭなど幅広く活動されているシンガーソングライター。私はどこで知り合ったか、ライブへも何度も足を運んだし、某所でトーク＆ライブをしたとき、聞き手になったこともある。４枚目のアルバム「蟻と梨」では、言葉を添えた何人かの一人であった。「ドロップ横丁」は最初のアルバムか。「あじさいの人」「犬とならんで」「煙草とキッス」「星の上の道のうえ」とタイトルを並べると、その世界観が伝わるだろうか。どこか懐かしい記憶が、おっさんの私にもよみがえる。パートナーであり、加藤千晶ミュージックのバッキングリーダーである鳥羽修の力強いギターが全体を引き締める。全曲が加藤さんの作詞作曲。ポップでキュートで、「あじさいの人」は夕暮れどき、気がついたらいつのまにか口ずさんでいることがよくあります。

2

ゴンチチ「無能の人　サントラ盤」

1991年に公開された、竹中直人第１回監督作品。竹中はその後も監督業に精出したが、これがいちばんいい出来ではないか。つげ義春の同名連作漫画に、ほかのつげ作品を加えて脚本を書いた。竹中が主演するほか、マルセ太郎、神戸浩、大杉漣、いとうせいこう、岩松了、原田芳雄、蛭子能収など、ほとんど百鬼夜行の顔触れ。自殺した漫画家の山田花子が出演していることでも貴重なフィルムだ。この音楽を担当したのがゴンチチで、テーマ「無能の人」ほか５曲は、この型破りな陰々滅々たる映画を、かなり救っている。ゴンチチの二人が奏でるほんわかした哀愁が、この映画に合っていた。口笛をフィーチュアしたテーマ曲は、映画公開以後もしばしば様々な番組のＢＧＭで使われた。作曲・編曲はすべてチチ松村。真ん中にシングル盤みたいに穴を開けたＣＤジャケットアートは沼田元氣。窓辺に飾って楽しいＣＤでもある。

3

雪村いづみ「雪村いづみスーパー・ジェネレイション」

これぞ名盤中の名盤。すべて服部良一作曲作品を、雪村いづみが歌唱する。LP盤は1974年の発売。バッキングをキャラメル・ママが手がけているのだ。すわなち、細野晴臣ベース、鈴木茂ギター、松任谷正隆キーボード、林立夫ドラムスと、荒井由実（のち松任谷由実）を世に出したメンバーだ。管弦のアレンジは、服部良一の息子である服部克久だが、やや旧弊な雪村いづみ＋服部良一のイメージだけで留まってしまうところを、キャラメル・ママがみごと打ち破り、ポップでカラフルに仕上げている。「胸の振り子」は曲中の白眉で、戦後まもない古いのんびりした歌謡曲が洗い張りされ、ガツンガツンと跳ねつつ、リズミカルな音楽に生まれ変わった。私がアルバムの存在を知ったときは、すでに廃盤で、中古市場でバカ高い値がついていた。それは、キャラメル・ママがバッキングを手がけたいしだあゆみのアルバムも同様。アグネス・チャンまで高かったのだ。ＣＤになってようやくわが手に収まった。繰り返し聴くアルバムの一つだ。

4
吉田拓郎「ベストコレクション」

吉田拓郎については、これまであまりに語り過ぎて、もう少々恥ずかしい。拓郎はけっこうベスト盤をたくさん出していて、私も何枚か持っている。レアトラックなどなくて、すでに所持しているアルバムやシングル盤からの寄せ集めだから、音源はすべて手中にある。それでも、またこういったベスト盤を買うのはどういうわけか。まあ、あれですね。これぞ拓郎というところを、１枚にした（あるいは２枚）盤で、もれなく、まんべんなく聴けるのがベスト盤のよさではないか。たとえば、このベストには、「おきざりにした悲しみは」「金曜日の朝」「竜飛崎」など、拓郎のアルバムには収録されず、シングル盤のみ発表された曲もある。私が聴くのはたいていアルバムの方だから、こういったシングル曲は手薄になりがちだ。また、「ペニーレインでバーボン」はアルバム「今はまだ人生を語らず」の収録曲だが、差別用語が入っているということで、ＣＤは再発されていない。そこを押さえておきたい。

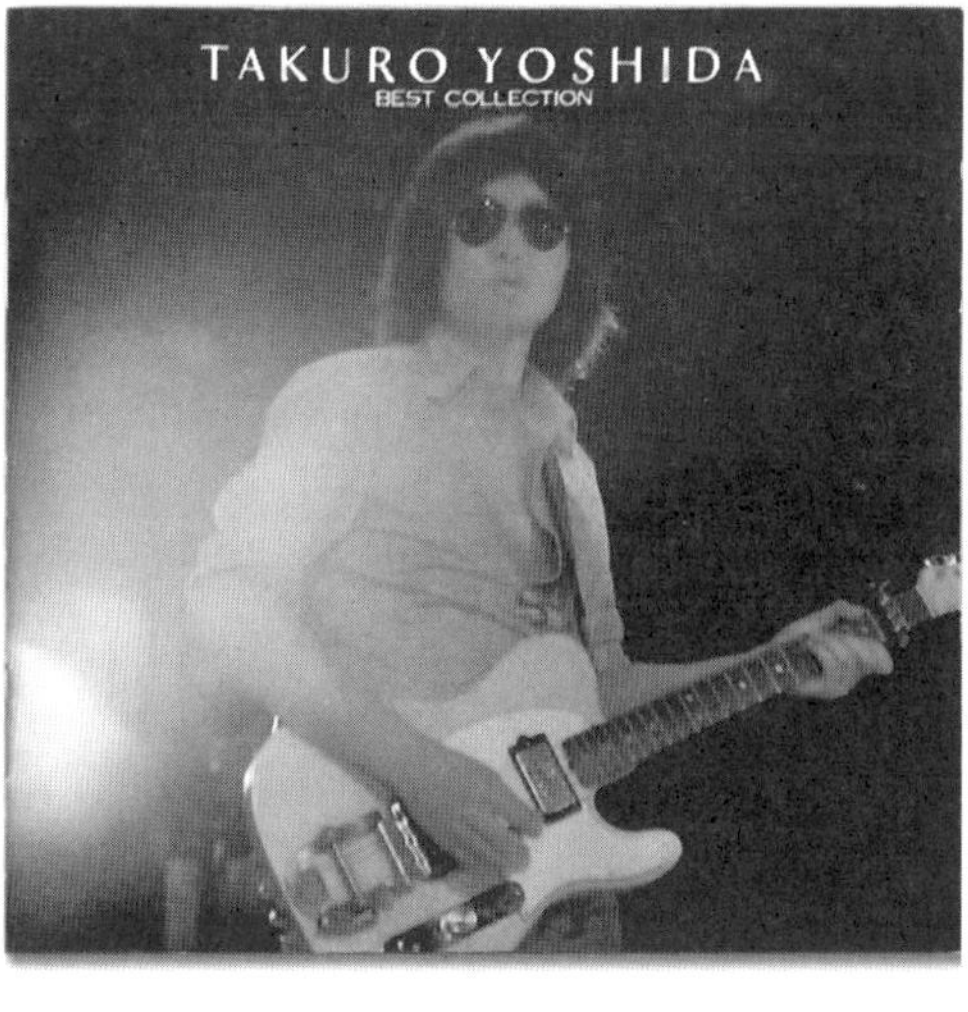

5

中本マリ「マリ・ナカモト」III

これもずいぶんレコードの方でよく聴いた。スリー・ブラインド・マイス（TBM）という日本のジャズのレーベルがある。1970年代、藤井武プロデュース、神成芳彦エンジニアによる、日本の若手ミュージシャンを登用したレーベルだった。山本剛、鈴木勲などは、このレーベルで知り愛聴したものだ。これはそのＴＢＭの１枚。まだ若き渡辺香津美のギターと、鈴木勲のピッコロベースによる、ピアノレスデュオのバック、そこにしわがれた声で情感あふれる中本マリのボーカルがかぶさる。演奏と歌唱の掛け合いという意味でも、日本ジャズヴォーカルの頂点かと思われる。とくに映画「ひまわり」のテーマは、ひたひたと身に沁みる名唱なり。上京して、吉祥寺のジャズライブハウス「サムタイム」に中本マリが出演した夜、あわてて出かけた。本物の中本マリを目撃できて生歌を聴けたことは、大切な思い出だ。

6

矢野顕子「ピアノ・ナイトリィ」

カバーアルバムというものが、ずいぶん安易に作られるようになって、いまや飽和状態だ。2005年に徳永英明が出したカバーアルバム「ＶＯＣＡＬＩＳＴ」が、おそらく本人も予期しないほどの大ヒットとなり、続けて６枚も連打し、周囲の歌手もあわてて追従した、というのが私の理解である。しかし、本人の作家性が消えた安易なカバーは、ものまね歌手の歌唱より価値がない。なぜ、この曲を歌うのか、どう歌うのかという芯がカバーにはどうしても必要だ。それをやってのけたのが矢野顕子であった。デビュー当時より、「丘を越えて」をオリジナル曲のごとく変奏してみせた矢野のことだから、カバー曲だけをピアノで弾き語りした「ピアノ・ナイトリィ」もただごとではない出来だ。1992年に同種の「スーパー・フォーク・ソング」を出しているが、私は前者が好き。薬師丸ひろ子、アグネス・チャン、石川セリ、小坂忠、大貫妙子、ジェームス・テーラーと、取り上げた元歌の歌い手を並べただけで、びっくりするはずだ。これだけレンジの広い歌い手を一人で包括できるのは矢野顕子しかいない。友部正人「愛について」は、矢野の歌唱で知った。戦慄の名曲である。

7

西岡恭蔵「街行き村行き」

これも元のＬＰ盤も持っているし、ＣＤが出たらそっちも買った。それだけ好きなアルバムということだ。元版はベルウッド。1970年代、大手レコード会社のキングに三浦光紀というやる気一杯のディレクターがいて、ＵＲＣほかアングラっぽい日本のフォークに、優れたサポートで光を当てた。70年代のフォーク・ロックの名盤を挙げたら、半分くらいはこの三浦ベルウッドのレーベルで占めるのではないか。細野晴臣のプロデュース、細野ほか、主に「はちみつぱい」のメンバーだったミュージシャンを揃えてスタジオ録音したのがこの１枚。「村の村長さん」「ひまわり村の通り雨」「海ほうずき吹き」と、土臭い風景が、西岡の野太い声で歌われると、たちまち夏の炒ったような風の匂いがしたものだ。西岡恭蔵みたいに歌いたい、とマネしてみるが、あの目の前がパッと開けるような歌い方は、できないものだ。それは熱唱するより難しいのだ。ジャケット・デザインは、本書のカバーを手がけて下さった森英二郎さん。

8
スタン・ゲッツ「ゲッツ・イン・ストックホルム」

この白人のテナー奏者を聴き始めたのは、もちろん（と言うのは変か）村上春樹の影響。初期作品によくその名が登場したのである。ジャズ喫茶のマスターだった村上は、ウェストコースト系の白人プレイヤーを好んでいた。この盤がベストというわけではない。たまたま、である。「ゲッツ〜ジルベルト」をいちばんよく聴いたろうか。なんの苦もなく、水が流れるように次々と音を繰り出して、屈折や勉強の跡が見えない。ジャズに触れ始めると、前衛に走ったり、難解なコードに耳を傾けたりと、学習の時期がやってくる。ジャズの評論などを読み始めると余計にそうなる。清水俊彦『ジャズノート』（晶文社）なんて、かっこいい本で、文章もかっこよかったが、じつは半分も理解できなかった。ゲッツはわかるわからないを超えている。ただただ気持ちがいい。いまはそれでいいと考えている。

9

井上陽水「陽水II　センチメンタル」

高校時代、拓郎ＶＳ陽水という対立があって、長嶋と王みたいに、はっきりファンが分かれていた。私は拓郎派なのだが、陽水も普通に聴いた。ところがその逆がない。陽水派は「拓郎なんて、何を歌っても一緒、音楽性が低い」などと言うのだった。じゃあ「音楽性って何や？」と問い質したかったが、こっちは聴く方で忙しかったのである。２枚目のオリジナルアルバム「センチメンタル」はたしかに優れている。「東へ西へ」「神無月にかこまれて」「たいくつ」「能古島の片想い」などの歌詞を読むと、これはフォーク界の純文学ではあるまいか、などと思ったものだ。売れたのは「氷の世界」だが、ライブ盤「もどり道」も愛聴されていた。喋りがボソボソと暗く、泣きながら歌ったりして、その点でも、笑いを取る明るい拓郎のライブとは違っていた。バッキングに本田竹彦、稲葉国光などジャズ畑の人、深町純という東京藝大中退の、当時先端を行くキーボード奏者を据えるなど、音作りも新しかったのである。この尖り具合が、「氷の世界」で完成する。

10

山崎まさよし「ドミノ」

私は基本的に旧弊な人間で、新しいものを取り込むことを警戒し、躊躇する。文学、音楽、映画なども、昭和までに生まれたものだけで十分と考えていて、頭が固いと言えば固い。そんな固い頭でも、ときどきガツンと眼覚めさせられることはあり、音楽で言えば、男性なら山崎まさよし、女性なら椎名林檎。この２人は、同時期に出たミュージシャンの中でも相当いいのではないか、と思っている。ジャスラックという制約があるため、歌詞を引用できないのが残念だが、山崎まさよしの詩の世界は新しいと思った。都市生活（それも真ん中というより片隅）する青年の屈託を、なにげない都市風景の中に読み込んで、バツグンのセンスである。「ドミノ」に収録された曲で言えば、「僕はここにいる」は美しいラブソングだが、ひょっとしたら、ほかの誰かでも書けそうだ。しかし「水のない水槽」や「月曜日の朝」といった曲は、視点の置きようが、同世代のポップ歌手とひと味違っている。新しい抒情がそこにある。ブルースギターを習熟したテクニックも素晴らしいではないか。

岡崎武志フェア

二〇一七年八月は、芸術新聞社から出た新刊『人生散歩術』の販促を兼ね、都内二ヵ所の書店で、フェアを開催してもらった。私のようなレベルのもの書きとしては珍しいケースである。先行するパルコブックセンター吉祥寺店（残念ながらその後閉店）では、大きいガラスのショーケース一つを借りて、自分の所持するあれこれを展示、国立「ペーパーウォール」では、棚を一つ分与えられて、『人生散歩術』に登場する関連書を並べて販売した。飾り付けその他の作業は、私一人でやった。看板やポップをつけたり、「ペーパーウォール」では、ひと目でわかるような、こういうのなんて言うのか、写真を見てもらえばわかるようなものを、段ボールを切って作った。どうも、こんな作業が、私は好きらしい。

正直言って、二つのフェアで、それほど本が売れたわけでもなさそうだし、書店にとっての経済的効果はなかったかもしれないが、知り合いや読者が足を運んでくれたらしく、こういうありがたい積み重ねが、私のもの書き生活を支えているのだと思い至った。それぞれのことを書いた、当時のブログを引用しておく。

二〇一七年八月十七日

雨に閉じ込められて、一週間ぶりぐらいに娑婆の空気を吸ってきた。『人生散歩術』（芸術新聞社）刊行記念のフェア企画の一つ、吉祥寺パルコブックセンターのギャラリー会場にあるショーケースを使って、岡崎武志の仕事&趣味の展示が開催されることになった。本日8月17日より9月16日まで。そのショーケースに、本日出向いて、展示作業をしてきた。我ながら、こういうことになると手際がいいので驚く。文化祭の前日みたいだ。ケース内、壁面、棚のガラス板をまんべんなく使い、用意した展示物を配置していく。中には、上京した年（1990年）のスケジュール帳、なんてのもある。古書店値段票シールのコレクション、本に描いたイラスト原画など、種々雑多だが、これぞ「岡崎武志」なのである。期間中、ぜひ、足をお運び下さい。隣りの大会場では、ミロコマチコ展も開催中。たくさんの家族づれが、絵を熱心に見ていた。学齢に達するか達しないかという子どもが「ミロコマチコの絵だ」なんて言ってる。すごいぞ。

ペーパーウォールでは、地元のライターということで「地ライター」と名乗り、飾りつけのPOPを作った。労作であります。

いちばん奥のノートは古本購入帳。還暦パーティーで作られた小冊子（60の文字）。好きな曲をコンポしたCD、スケッチブック、こけしなどを飾った（パルコBC吉祥寺）。

二〇一七年八月二十二日

午後、国立nonowa「ペーパーウォール」へ。文芸書の棚の新刊コーナーに、K店長の計らいで、『人生散歩術』と関連する図書（ぼくが選書）のフェアを1カ月、開催してくれることになった。吉祥寺パルコBCと並行する、岡崎武志の中央線ブックフェアである。昨日、現場を見るが、選書した本がただ並んでいるだけなので、ひと晩かけて、これを盛り上げ飾るコンテンツを作る。誰もほめてくれるわけじゃないのに、それでもローソク……（佐良直美にそんな歌があった）。二店舗でまったく違う展示になっていますので、東京西側在住の方は、吉祥寺、国立とぜひお出かけ下さい。

私が持ち場とする中央線沿線の二つの駅で、このようなフェアを実施してもらったことは、感謝にたえないのであります。書くというのは、基本は家にこもって作業を続けるという、しょせん地味な仕事なので、外へ出て行って、何か自分を表現する機会が与えられたことが、ありがたい。老年にさしかかると「いぶし銀」なんて言われるが、鈍く光るのはいいとして、そのまま曇って行くことは避けたい。意識して自分から発動して、少し磨きをかけないと、気持ちの方もくすんでしまう。読者の存在も励みになるが、やっぱり自分の応援団長は自分だと思うのだ。

自分で応援してやらないと、誰も応援してくれませんよ。

パルコBCのガラスショーケースに飾った招布（まねぎ）。『女子の古本屋』にも登場するシルクスクリーン作家の尾崎澄子さん作。

二〇〇二年の手帳

「古い手帳を取り出して」というフレーズが思い浮かび、過去に、そんな歌詞の曲があったかどうか考えたが、思いつかなかった。いかにもありそうであるが。

毎年、年末が近づくと、あるいは四月始まりで春先に、書店や文具店でひときわ目立つのが、各種手帳の販売である。何かで読んだが、一年の総販売数は一億冊に達するともいう。これだけデジタル化が進み、スマホ一丁でデータからスケジュール管理ができるのに、意外なほど、紙の手帳が健闘している。

私も四十年以上、ずっと紙の手帳（スケジュール帳）を愛用している。一年に一冊、とくにこれと決まった種類のものはなく、そのときどきで、ジャストと思えるものを使っている。よって、並べたら、サイズも様態もまちまちだ。

紙の手帳の利点はさまざまあろうが、私の場合は、一年分がかたちとして残る点が大きい。スケジュール以外にも、メモとしても使い、心覚えの地図、行った展覧会の半券チケットを貼ったり、新聞記事の小さいのをスクラップしたり、大活躍である。過去をひんぱんに振り返ることはしないが、たまに、古い手帳が積み重なった本の間からポロリと出てくると、つい読み込んでしまったりする。

二〇〇二年版はそうして発掘された。サイズは、スーツのポケットにも収まるビジネス手帳。社名入りの配りものとしても、よく見かけるタイプだ。黒地の表紙に金文字で「Heming Way（ヘミングウェイ）」とあるのは、当時出ていて、短命に終わった男性雑誌のタイトル。版元は毎日新聞社で、私はメインライターとして関わっていた。この雑誌と連動した企画として、FM電波を使った静止画像つきの放送番組（いまだにどういうシステムかわからないが）に、私は隔週で出演していた。懐かしいなあ。半蔵門にあるFM東京ビルに通っていたのだ。

中央に貼ってあるのは、まだ幼かった娘と撮ったプリクラシール。四歳ぐらいではないか。親バカ丸出しだが、こういうこともあったのだ。手帳の扉をめくった白地のところへ「そして疲れ／おもひも尽きた／／暗い部屋にゆき／風のやうに眠つた」という北園克衛の「花」という詩の一部が書きつけてある。こういうこともよくやりました。好きな詩の一節を扉、またはその裏に書いておくのだ。

この年、レギュラーで仕事をしていた媒体は、「サンデー毎日」「週刊ダイヤモ

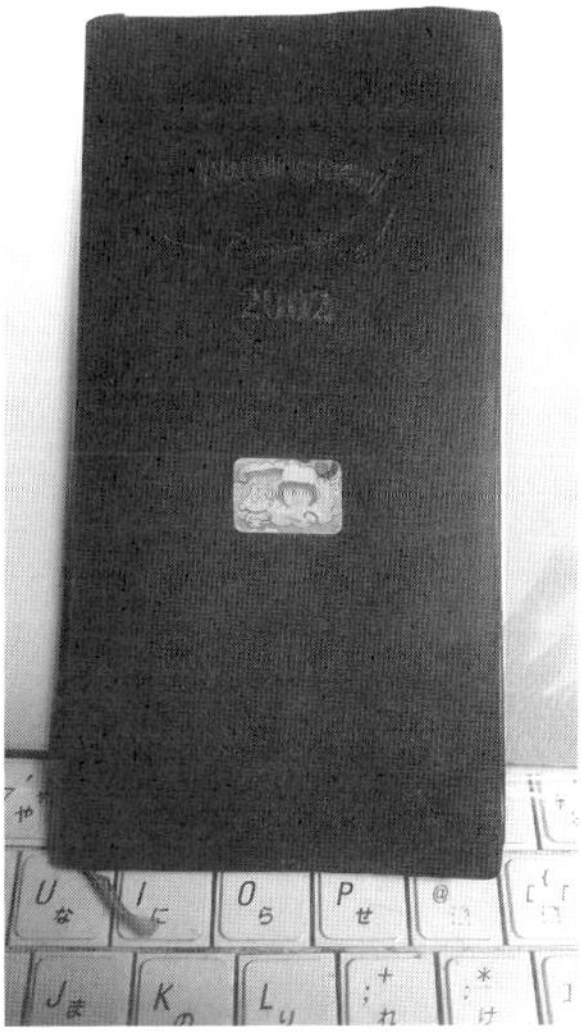

2002年版手帳

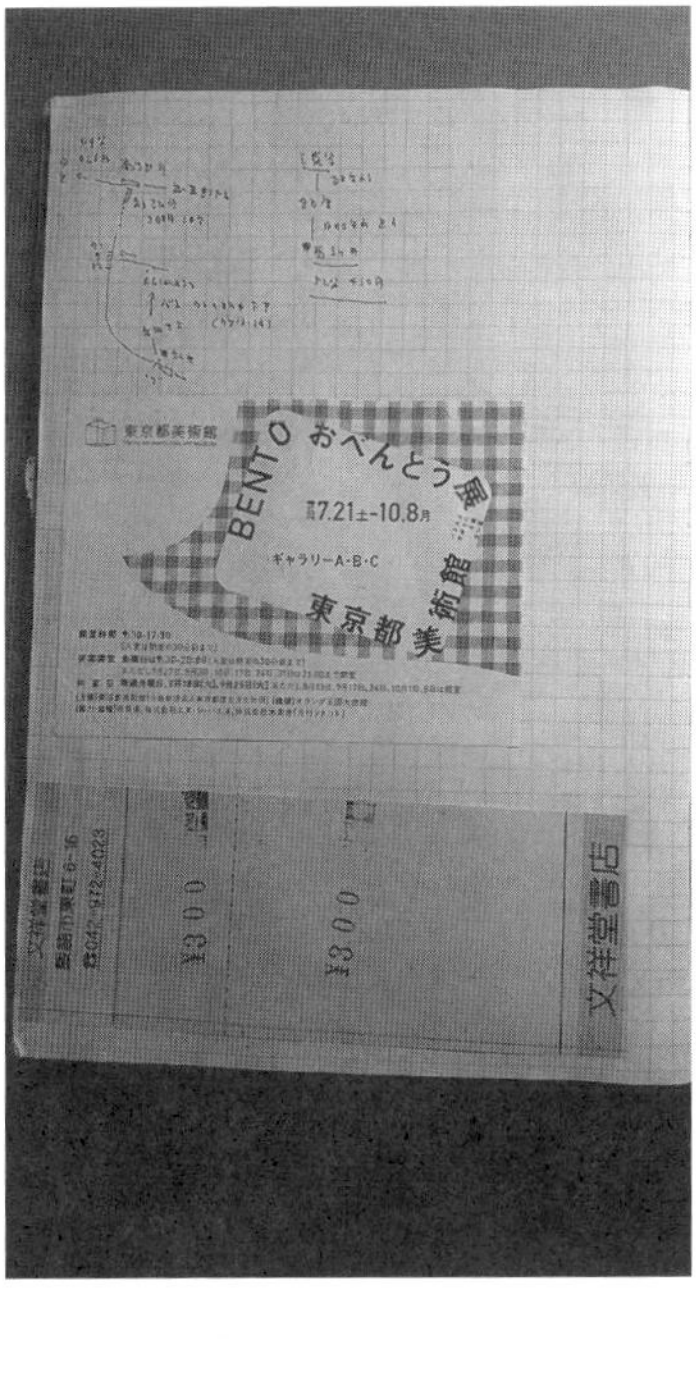

2018年版手帳の一ページ。貼り付けたり、メモしたり、私の一年の行動がすべてわかる。

ンド」「彷書月刊」「月刊ホームルーム」「月刊生徒指導」「朝日新聞」「厚生福祉」「ダ・カーポ」「オブラ」「旅」「Men's EX（メンズイーエックス）」そして「ヘミングウェイ」など。「アミューズ」では、古本特集のときに駆り出されていた。消えた雑誌も多い。このほか、仲間たちと「スムース」という雑誌を出していた。こちらにも毎回書いていたし、新聞社から書評を頼まれることもあり、けっこう忙しかったのではないか。雑誌や新聞にまだ元気があって、仕事もたくさんもらえて、それで家を買おうという気にもなったのだ。

だから新築一戸建てのマイホームを購入したのもこの年だ。現在住む家に、いつから越してきたか、よくわからなくなるのだが、この手帳の十月のページを見ると、十月二十九日が引越し日だと知れる。今年（二〇一九年）十八年目に突入するわけだ。十八日に新居引き渡しがあり、それから毎日のように、大量の蔵書を、自家用車に積み込んで運び出していた（後部トランクの底が抜けた）。二十二日には、やや本格的な蔵書移動のため、助っ人を頼んでいた。古本屋の店員をしていたFくんだ。この時以来、彼とは会っていない。元気にしているだろうか。

驚くべきは、引越しの前の月である九月五日から十三日まで、ベルギー旅行をしている。いま三鷹の古本屋「上々堂《しゃんしゃんどう》」の主人で、当時は西荻窪で「興居島屋《こごしまや》」

を開いていた石丸徳秀くんに誘われ、総勢五名というチームでの楽しい旅行をした。これは思い出深い。それ以降、海外旅行なんてしていないから、いま考えたら、よくぞ思い切って行っておいたものだと思う。九日間も日本を留守にするわけだから、当然ながら、その前に原稿の書きだめをし、帰宅そうそうパソコンの前に座り込んで激しく仕事をしたのだ。

そうか、NHKBSの「週刊ブックレビュー」というテレビの書評番組にも、毎年二回ほど呼ばれて出演していたのもこの頃か。二月にはテレコムスタッフ制作で、「Edge 2」という三十分のドキュメンタリー番組（スカパーch）に、私が出演することになり、自宅で取材され、西荻窪、川越へも行った。非常に丁寧に撮ってくれて、タレントのはなさんの素敵なナレーションがつき、いまやこのビデオテープ（のちDVDに移した）は宝物になったのだ。

いやあ、この頃の各月見開きスケジュールを見ていると、よく働いているわ、私。九月二十四日のところに、「三時　スパイラル　ぴあM」とあるのは、Mという女性編集者との打ち合わせを意味している。ぴあが出していたカルチャー情報誌「インビテーション」で、著者インタビューを引き受けることになり、そのための打ち合わせではなかったか。なんだか、色んなこと思い出してきたぞ。十月十日に原稿締め切りがあり、十一月九日プレ創刊、翌年二月十日が「インビテーション」の新創刊だったと、これもメモでわかる。新創刊の雑誌に関わることは、「ヘミングウェイ」や、「ＵＮＯ」（朝日新聞社）もそうだったけれど、ライターとしても少し興奮するものだ。

九月二十六日に「高尾」とあるのは、高尾山に登ったということだろう。一月十九日には「秩父御岳山」と書き込みが。これは娘の幼稚園時代に仲がよかったパパさんに誘われて、その同僚とともに登山をしたのだった。それまで、低山であっても、山登りするなんて、私の発想の中にまったくなかったから、この登山（ハイキング）は画期的なことであった。山があることも、山登りというスポーツがあることも知ってはいたが、自分とは無縁と考えていた。以後、年に何度か、高尾山はじめ、飯能や秩父などの、高くても五百メートル級の山を歩くのが楽しみに加わった。回数は減ったものの、これはいまだに続いている。

同じページに、ポール・ボウルズ『シェルタリング・スカイ』（新潮文庫／九二）と書いてあるのは、この本が品切れで、海外文学を扱う古本屋で高値をつけていると知ったからだ。この頃すでに、あんまり見なくなっていたが、まだ定価の半額ぐらいで見つけて買う自信があった。それを忘れず、書きとめたのだ。同月三十日には、ムッシュかまやつ氏に取材。

いろんなところへ行って、いろんな人に会って、いろんな原稿を書いていた二〇〇二年だったのだ。公私ともに濃い一年であったが、この手帳がなければ、ほとんど何も思い出せなかったかもしれない。

かまやつさんを取材した際、その場で著書にしていただいたイラスト・サイン。

壁に絵を

いまは奄美にいる姪が結婚したとき、額入りの絵を一枚贈った。ノーマン・ロックウェルの、幸せそうな家庭を描いた絵だ。そこに「絵の一枚も、壁にかかっていない家庭は淋しい」という意味のメッセージを添えた。

せっかくスペースが空いている壁に、絵の一枚もかかっていないというのは、私には考えられない。カレンダーの泰西名画を切り抜いて貼ってもいいのだ。とにかく、絵を掲げようとする気持ちの余裕が欲しいのだ。どれだけ裕福な家でも、絵のない家は、どこか空虚である。

小林秀雄は、ゴッホの「麦畑」複製の額入りを壁に飾り、それで満足していた。

札幌で催された植草甚一展のポスター。どこで入手したか思い出せない。ひと目で気に入り、額を買いに走った。階段途中から、いつも植草さんに見つめられている。

井伏鱒二も複製の洋画を愛していたという。時価数億というような名画を購入することなど、ほとんど夢物語で、しかも、価値が高い絵は、半ば投機対象になる。絵の価値が金額で引き換えられる。貧乏人の負け惜しみと取られて、いっこうにさしつかえないが、絵は複製でも十分楽しめるのである。

私は空白恐怖症とでもいうのか、京都で下宿をしているときも、いろんな絵や写真を、ベタベタと壁に貼っていた。いちばん記憶にあるのは、銀閣寺参道脇の古民家の離れに下宿していたときのこと。「週刊朝日」の表紙で、篠山紀信が女子大生をモデルに撮るというシリーズがあった。その中の一枚、当時、熊本大学在学中の宮崎美子が笑顔で写った表紙の愛らしさに、完全にノックダウンされ、切り抜いて、勉強机の前に、長らく貼っていた。

その後、ミノルタのCM、女優としてデビューし、現在でもクイズ番組などで知性派女優として活躍されているのは御承知のとおり。その始まりは、あの「週刊朝日」の一枚の写真だったのだ。BSで、本を紹介する「宮崎美子のすずらん本屋堂」という番組の司会を宮崎さんが務めていて、私は何度か、呼ばれて出演した。スタジオで挨拶をし、収録時に隣りに座り、すぐ脇に、あの宮崎美子がいるということさえ、しばらく信じられなかった。

現在も、リビング、階段、トイレ、書斎と、あらゆる壁にさまざまな写真、絵を飾っている。中には複製ではなく、本物の絵もある。林哲夫さん、うらたじゅんさんの絵は、いただいたり、個展で買ったりして複数枚、額付きで所持している。だから、いつもいつも目にする美術品である。

いま原稿を書くためパソコンに向かっている地下書斎の部屋にも、あれこれ、絵や写真が貼りつけてある。すぐ脇、右側の書棚上には、檀れいが唇を突き出す色っぽい写真が、額付きでいつも私を見つめている。これは、長らく檀れいがＣＭを務めていた発泡酒「金麦」の縦長の販促用ポスターだ。私は、スーパーのビール売り場でこれを見つけ、ここだけの話だが、秘かに剝がして、持ち帰った。ドキドキした。

その右に、娘が幼稚園時代にエンピツで描いた、本人と私（父親）の絵。拙いが、私にとっては大切な一枚。そのまた右には、エレック時代の吉田拓郎（当時、よしだたくろうと表記）のＬＰ「人間なんて」のジャケットが、中にレコードを収めたまま、四角い額入りで飾ってある。これは「イケヤ」で、ＬＰレコード用の額を見つけ、買って入れたのだ。拓郎がデビューして数年、高円寺のマンションに住んでいた頃、階段に座った写真が使われている。じつは、このマンション、いまだ健在で、ファンの聖地と化している。みな、このジャケットと同じポーズで、階段で写真を撮るようだ。そこで判明したのが、このポーズは、階段の手すりの位置などから、反転して使われているということだ。

左の壁下にはベッドがある。その壁際には、たくさん本が積まれていて、さらにその上に、やっぱり絵や写真を貼りつけてある。一番の大物は、俳句の河東《かわひがし》碧梧桐《へきごとう》による「文献堂」と書かれた大きな書だ。横長で、額に入っている。これは真筆。全体に茶色に変色し、破れもあって、「なんでも鑑定団」に出品しても、大した値はつきそうにないが、大胆で大らかな筆跡で、私は気に入っている。どうして入手したかは話さない。そのほか、萩原朔太郎、庄野潤三、伊丹十三、シモーヌ・ヴェイユの肖像写真、雑誌取材で私が撮られた写真のプリントなどなど。これは、意識しないでも、つねに目に入ってくる。

その他、挙げ始めるときりがない。壁にごてごて貼るのはキライ。真っ白のまがよい。そういう人がいてもおかしくはない。だが、部屋に一枚の絵がかかっている。意識せずとも目のつくところに絵がある。そのことを慰めとする人でありたいと思うのだった。

絵のある生活が私は好きだ。

居間の壁にある額絵の数々。上から「岡崎武志素描展」DMハガキ、うらたじゅんさんの絵２点、下は、雑誌「雲のうえ」の表紙（右上）。古きアメリカのホーロー広告看板（左上）、ベッドの上の額ほか（下）。

あとがき

　これは近場が生んだ本である。担当編集者の岡﨑智恵子さんと数年前知り合って、同姓ということで意気投合した。しかも、私と同じ市に在住。そんなわけで、本を作る話が進行して、ようやく着地した。駅前の喫茶店を打ち合わせ場所にして、岡﨑さんとは頻繁に会うことになった。近場の利である。

　最初は還暦を迎えた男による、生き方や身の処し方を同年輩、あるいは若い人に指南するというコンセプトだった気がする。いちおうそれなりに書き出してみたが、どうもつまらない。私は成功者でもないし、人にあれこれ言える身分ではない気がしてきた。二転三転し、この五年ほどで、スマホに撮りためた大量の写真（二千点以上）を使って、何かできないかという方向に舵取りをした。

　二〇一九年に入って、十年以上書き続けたブログが、使っているサイトのシステム変更で、移行手続きをしないと続けられなくなり、面倒になって閉じた。今回の書き下ろし原稿は、そうしてブログ代わりに書き継いだのであった。書き出してみたが放り出した原稿も多数ある。書き下ろしで一冊、というのに自信がなく、過去に書いた雑誌新聞掲載の原稿も大量に用意したが、最終段階で、これらは使わず、書き下ろし原稿のみで作ることにした。心の乱れもあり、伴走者の岡崎さんにはずいぶん迷惑もかけたのである。

イラストも御自身で、と言われたのにも最初は反発した。これまで、自著でイラストを入れてきたから、いまさらであるが、技量については鼻高々とはほど遠い、不味い出来で忸怩たるものがあったからである。できれば、イラストは描きたくない（上手く描けずイライラするばかり）と思ったが、少しだけ入れさせてもらった。

この本が出る頃には六十二歳になっている。よく年下の人に「いや、ボクはもうこの先長くないし」と言うと、「またまた、そんな年じゃないですよ」と笑われるが、半ば本気である。六十になってみればわかる。忌野清志郎、開高健が五十八、澁澤龍彦、藤原伊織、十代目坂東三津五郎が五十九、小津安二郎、石ノ森章太郎、色川武大、鈴木ヒロミツ、藤山寛美が六十で亡くなっている。六十の峠は越えられずに果てた者たちで死屍累々である。同年輩の早い死を意識するようになったのも、五十代の終わり頃からだった。一年いちねんを意識し、楽しいことを見つけて大事に生きていく。そんな気持ちだ。これからは、川から手のひらで掬った少しの水を、なるべくこぼさぬよう、大事に運んで行こうと思う。

『これからはソファーに寝ころんで』が、写真を多用して、これまで自分の本になかったタイプの本に出来上がったのがうれしい。ピーク時の半分以下という売上げで坂を転がる出版業界で、新しく本を出してもらえるのは、これまで以上にありがたいことだ。カバー画は、長年敬愛してきた森英二郎さんが、『古本道入門』（中公文庫）に引き続き、引き受けて下さった。自分の本が好ましい形となって世の中に出ていく。これはもの書きだけが味わえる幸福である。だから六十二歳の私はいま、幸福だ。

二〇一九年春

岡崎武志

これからはソファーに寝ころんで
還暦男の歩く、見る、聞く、知る

2019年5月25日　初版第一刷　発行

著　者　岡崎　武志
発行者　伊藤　良則
発行所　株式会社　春陽堂書店
〒103-0027 東京都中央区日本橋3-4-16
電話 03-3271-0051
デザイン　鷺草デザイン事務所
印刷・製本　ラン印刷社

乱丁本・落丁本はお取替えいたします。

JASRAC 出 1904561-901
ISBN978-4-394-90353-6 C0095